Pourquoi vous faisez ça ?

Pourquoi vous faisez ça ?

101 non-sens qu'on n'a jamais compris
(*et qu'on ne comprendra pas forcément après avoir lu ce livre*)

Pablo Mira

avec la collaboration de
Benjamin Ifrah et Benjamin Veyres

FIRST
ÉDITIONS

« Pablo, je pense que tu devrais ouvrir ton livre avec une citation. »
Laura Gélie, responsable éditoriale chez First Éditions.

Le monde est rempli de non-sens, d'absurdités et d'aberrations qui défient la logique.

Nous faisons tous des choses incompréhensibles qu'on ne comprend pas et qui sont incomprises dans l'incompréhension. Mais pourquoi nous faisons ça ? Et quand je dis nous, je parle bien sûr de vous.
Alors pourquoi vous faisez ça ?

Depuis des années, la question me hantait. Alors, après une interminable et minutieuse investigation (en vrai, 7 secondes de recherche sur Google), j'ai réalisé deux choses : personne n'a jamais vraiment étudié les non-sens, et pire encore, je n'ai moi-même jamais écrit de livre.

C'est ainsi que j'ai compris quelle était ma mission sur cette terre : trouver un éditeur pour exposer ces non-sens au grand jour.
Pour vous, pour la France, pour l'humanité.
Mais surtout pour voir ma photo en couverture des milliers d'exemplaires de ce livre.

#1

LES MILITAIRES

qui portent des tenues de camouflage forêt en pleine ville

Pourquoi sont-ils en tenue verte, marron et noire alors qu'ils patrouillent devant un Starbucks à Gare du Nord ?

Normalement, ce n'est pas compliqué de passer inaperçu dans une gare : on s'habille en violet et en gris, on met sa plus belle dépression sur son visage, et hop : les usagers vous prennent pour un agent SNCF. Et pourtant, les militaires savent se camoufler puisque dès les premières heures de leur formation on leur apprend à camoufler la moindre lueur d'intelligence dans leur regard. Mais pour ce qui est du camouflage visuel,

LES MILITAIRES FRANÇAIS SONT CLAIREMENT À LA RAMASSE.

Même bien camouflés grâce à leur tenue, il y a toujours un fusil ou une carte du Rassemblement National qui dépasse. D'ailleurs, il faut dire qu'on est très mal camouflé en pleine ville avec un fusil d'assaut entre les mains. Le seul endroit où l'on passe inaperçu avec une arme de guerre, ce sont les quartiers Nord de Marseille. C'est à cause de ce manque de discernement que j'ai quitté l'Armée – ça, et le fait qu'ils pratiquent une forme de torture barbare qu'ils avaient coutume de nommer « le sport ».

#2

Les **BUFFETS À VOLONTÉ** asiatiques qui proposent **DES FRITES**

Eux, je les mets dans mon top 3 des non-sens. Si je vais dans un restaurant asiatique, ce n'est pas pour les frites, c'est pour les spécialités de ce genre d'établissement :

LES NEMS ET LES STAPHYLOCOQUES DORÉS.

Qui sont ces Asiatiques qui proposent des frites en tant que nourriture traditionnelle de l'Asie ? Quand on va au Burger King, on ne vous propose pas un bo bun. Non, on vous propose juste de réduire votre espérance de vie de 8 ans.

Et à ce moment-là,

POURQUOI S'ARRÊTER AUX FRITES ?

Moi, j'aimerais bien aller chez un traiteur asiatique et déguster un bon mafé. Mais non... le patron du Lotus de Jade considère que le mafé fait moins asiatique que des frites. Sans doute parce qu'il s'agit d'un plat sans friture. Car il faut le dire :

y a plus d'huile dans la gastronomie chinoise que dans les cheveux d'un Tunisien.

#3
LES GILETS
de sauvetage dans les avions

Si un avion s'écrase à 950 km/h sur le sol, est-ce qu'un gilet de sauvetage peut vraiment faire la différence ? Le mieux serait de faire un test sur les personnes qui disent « khouya » et qui s'appellent Damien.

Mais soyons honnêtes, en cas de crash d'avion, la plupart des consignes de sécurité ne servent à rien.

La seule chose qui peut réellement vous sauver la vie dans un avion c'est de ne pas toucher au plateau-repas.

La personne qui a instauré la présence du gilet de sauvetage dans les avions n'a aucune notion de physique.

SI UN AVION SE CRASHE, ON MEURT.

C'est la loi de la gravité, que Newton a découvert en étudiant le mouvement des choses lourdes, comme les planètes ou les blagues de Pierre Ménès.

Et puis, si on sait qu'on va mourir, j'aimerais qu'on mette sous les sièges des choses qui nous font plaisir une dernière fois ; comme un repas de fast-food ou un texto d'une ex qui avoue qu'elle a eu tort de nous quitter pour Jérôme, un contrôleur de gestion qui met des chemisettes à carreaux.

#4
Les femmes qui se rasent **LES SOURCILS** pour les refaire au crayon

Ça n'a aucun sens de raser un truc bien pour le refaire en moins bien. A-t-on déjà rasé un magasin Célio Club pour y construire un magasin Célio Club (oui, j'ai rien trouvé de pire) ?

Pourquoi tout raser et tout refaire ? C'est pour moi

L'UN DES PLUS GRANDS MYSTÈRES DE L'EXISTENCE.

Ça et les gens qui disent :
« Je le trouve charismatique Samuel Étienne. »

Et puis le manque de créativité de ces femmes !
Moi si je devais remplacer mes sourcils, je me ferais poser au minimum des néons, ou du cachemire, ou 2 belettes adultes comme Juan Branco.

Vous savez, c'est très dur pour moi de tomber sur une femme qui a des sourcils entièrement refaits au crayon

AI-JE EN FACE DE MOI UNE FEMME OU UN CAHIER CLAIREFONTAINE ?

Est-ce que je dois lui faire l'amour ou lui dessiner une nature morte sur le front ? Est-ce que je lui offre une carte cadeau Sephora ou Office Depot ? Est-ce que moi aussi je dois redessiner mes aisselles à l'aquarelle ?

Je suis perdu...

#5

Les gens qui prennent un **CAFÉ** *décaféiné*

Du café décaféiné

et puis quoi encore ? Du poulet sans poulet ? **Bon ça existe déjà, ça s'appelle des nuggets, et j'adore ça.** Mais un café sans caféine, à quoi ça sert ? Personne ne boit du café juste pour le goût.

C'EST AMER ET ÇA DONNE UNE HALEINE D'INTERMITTENT.

Si on boit du café, c'est pour tenir dans un job qu'on déteste, en attendant de trouver un job où on est payé à rien foutre – et malheureusement Frédéric Lopez n'est pas près de partir à la retraite.

Ou alors, peut-être qu'en prenant un décaféiné, vous cherchiez un prétexte pour discuter avec les collègues à la machine à café. Mais il existe des solutions : choisissez le thé, comme les gens qui n'aiment pas le café, ou choisissez un potage à la tomate, comme les gens qui ont perdu goût à la vie.

#6

Tarzan

qui vit dans la jungle mais qui est mieux rasé qu'un présentateur de JT

Pour ce non-sens, de nombreuses questions se posent :

1. Où a-t-il appris qu'il était mieux de se raser ?
Il a été élevé par des gorilles et (jusqu'à preuve du contraire) ces mammifères sont au rasage ce que les nazis sont à la bienveillance.

2. Comment fait-il pour se raser aussi nettement ?
Je veux bien qu'il sache tailler une pierre en couteau pour affronter les créatures de la jungle – comme les panthères, ou Mike Horn – mais de là à fabriquer un Gillette Mach 3® avec des lianes et un silex, je suis perplexe.

3. Pourquoi veut-il absolument être rasé à blanc ?
Il n'y a que deux raisons d'être rasé de près quand on a plus de 12 ans : être banquier, ou être Cyril Féraud.

4. A-t-il un barbier ?
La vague hipster a-t-elle envahi les jungles d'Afrique ? Est-ce qu'on va retrouver des rhinocéros avec des bonnets et des chemises à fleurs ? Des babouins qui se déplacent en vélo à pignon fixe avec un café macchiato en main ? Tout ça m'inquiète fortement.

#7

Les dates **DE PÉREMPTION** sur le roquefort

Y a moyen que ce fromage se dégrade encore ?

Franchement, j'espère que c'est le dernier stade de décomposition de cette chose qui sent déjà plus fort que l'haleine d'un prof de techno. Je vois pas comment ce fromage peut vieillir davantage, à moins qu'il se lève sur deux pattes, qu'il se pose dans un fauteuil, et qu'il zappe sur *Questions pour un Champion*.

Je ne vois pas l'intérêt de mettre une date de péremption dessus dans la mesure où on sera tous périmés avant lui. À la limite, c'est le roquefort qui est en droit de savoir quand nous on sera périmés.

N'empêche, quelle carrière ce fromage !

D'abord c'est du lait, ensuite le lait périme, puis il ressuscite en fromage. Il a beau moisir, il ne lâche jamais l'affaire.

Manuel Valls serait-il un roquefort ?

Je me pose la question. Voici une autre question : qu'est-ce qu'il se passe si on mange du fromage après la date de péremption ? Moi je pense qu'il rajeunit jusqu'à redevenir du lait, qui remontera, tel un saumon, vers le pis de vache où il est né. Car tel est le cycle de la vie.

#8

LES CORDONNIERS qui font aussi des CLÉS...

Leur métier, c'est de réparer des semelles de chaussures.

QUEL EST LE RAPPORT AVEC LES CLÉS ?

Vous savez, je crois que chacun doit rester dans son domaine de compétences. Les cordonniers, les chaussures, et Francis Lalanne, les malaises.

Après je comprends : facturer un changement de serrure 2 500 euros HT pour 14 secondes de boulot, c'est tentant. Moi-même, j'ai voulu faire des clés quand j'ai vu que dans le classement des plus grosses fortunes Jeff Bezos venait de passer derrière « Serrurerie Bernard & fils ».

#9

Les **ALCOOLIQUES ANONYMES** qui se présentent par leur prénom.

#10

Les parents qui font **DES BISOUS MAGIQUES** à leurs gosses quand ils pleurent.

#11

Le système de **POINTS** du tennis.

#12

Les participants au **MARATHON** qui paient pour courir **À UN ENDROIT OÙ ILS PEUVENT COURIR** gratuitement.

#13
LES GENS qui ajoutent un **PUITS** à « pierre-feuille-ciseaux »

Comment s'appelle le jeu déjà ?

Non parce que ça me paraissait être vraiment la base en fait...

Après, peut-être que je me trompe et que le vrai nom du jeu c'est « pierre-feuille-ciseaux-puits ». Dans ce cas-là, j'aimerais aussi ajouter « calèche ». La calèche bat les ciseaux et la pierre, mais pas le puits. Et on pourrait appeler ça « pierre-feuille-ciseaux-puits-calèche ».

Cette technique est au chifoumi ce que la main est au foot, c'est-à-dire de la triche (mais aussi le seul moyen pour un joueur de Dijon de marquer un but).

Vous savez, je suis plus intrigué qu'énervé par les gens qui font ça. **Est-ce que ces personnes ajoutent aussi deux secondes de plus à « 1, 2, 3 soleil » ?** Mais qui sont ces gens pour avoir aussi peu le sens des réalités ? Des schizophrènes ? Des Parisiens ?

On dirait un sujet trivial mais ajouter un puits à pierre-feuille-ciseaux, c'est très violent comme action et ces gens n'ont pas conscience des risques qu'ils prennent. J'ai un pote (Rémy, il était physio de boîte de nuit avant la pandémie), il s'est fait lyncher par une bande de blousons noirs parce que lors d'une soirée, il avait sorti un puits.
Ils lui ont brisé les doigts en roulant sur sa main avec leurs trottinettes électriques. Le pauvre. Il vit maintenant dans le Wisconsin, seul État d'Amérique où l'usage du puits est légal.

#14
Les chaussures pour NOUVEAU-NÉS

Non, mais prévenez si vous voyez un gamin sortir de sa maman en moonwalk, parce que jusqu'à preuve du contraire, un bébé n'utilise pas ses pieds avant sa 8e année – en tout cas c'était mon cas.

ET QUEL NOUVEAU-NÉ A EXPRIMÉ SA PASSION POUR LES CHAUSSURES ET LEUR ESTHÉTIQUE ?

Il ne sait même pas faire la différence entre lui et le monde. Pour lui une chaussure c'est un prolongement de ses gencives, au même titre qu'un doudou ou un sac Hermès.

Précisons qu'il n'y a que dans les pays occidentaux qu'on offre des chaussures à un nouveau-né. En Asie par exemple, on attend au moins l'âge de 2 ans pour leur donner des chaussures, ainsi qu'un logo à coudre dessus avant 17 heures.

Bref, un nouveau-né ou une nouvelle-née n'a pas besoin de chaussures, répétons-le. Il a besoin de manger 12 fois par jour et de détruire le bien-être de ses parents.

#15
Les **TÉTONS** chez les HOMMES

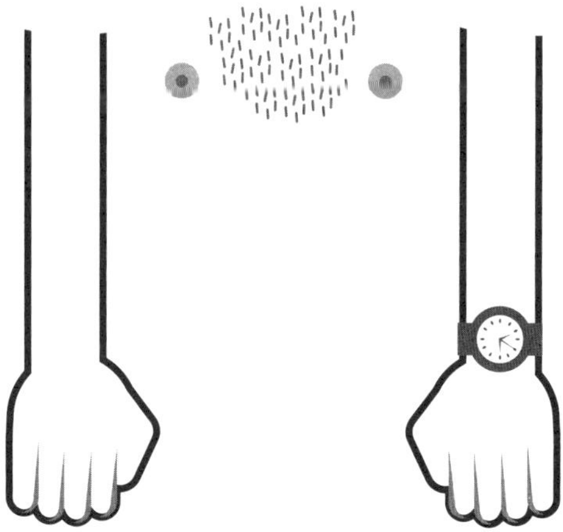

Est-ce qu'on peut produire du lait avec ? **NON.** Est-ce que c'est sexy ? **NON PLUS.** Est-ce que ça fait du bien quand on les touche ? **NON.** C'est juste décoratif, au même titre qu'une plante dans un hall d'entrée ou que le contrat d'un ouvrier au Qatar.

Normalement la nature est bien faite, le nez sert à sentir, les yeux à voir et le pénis à être payé 25 % de plus. Mais le téton chez les hommes,

on pourrait clairement s'en passer.

Sauf bien sûr pour Nicolas Sirkis du groupe Indochine, qui y accroche ses clés quand il n'a plus de place dans ses cheveux

Je me pose souvent la question de l'utilité des tétons quand je me regarde dans une glace. Même s'il est vrai que je ne les vois plus depuis mes 13 ans, et ce jour où j'ai échangé mon torse contre un tapis en poils de yak. Tapis qui, selon le marchand ambulant népalais qui me l'a fourni, devait me permettre de survivre à des températures allant jusqu'à -20 °C mais qui m'a surtout permis de décrocher le rôle du chef des Ewoks dans *Le Retour du Jedi*.

#16
Les gens qui achètent un **RANGE ROVER** pour rouler **EN VILLE**

Les véhicules 4 roues motrices, c'est conçu pour gravir
les dunes du Sahara, pas un dos d'âne à la sortie
d'un parking.
Est-ce que les propriétaires de 4x4
sont toujours aussi excessifs ?

EST-CE QU'ILS ARRIVENT À LA BUTTE MONTMARTRE AVEC DES PIOLETS ET DES CRAMPONS ?

Est-ce qu'ils allument leurs cigarettes au chalumeau ?
Est-ce qu'ils ont déjà vu les 4 films *Beethoven* avec
le gros Saint-Bernard ? (Ça n'a rien à voir, mais je me suis
toujours demandé qui regardait ça.)

Le problème des gens aujourd'hui, c'est qu'ils s'équipent beaucoup trop. Je me rappelle en 1996, quand j'étais dans les Brigades du Tigre, on partait dans le désert avec seulement un pamplemousse et une trottinette électrique et on s'en sortait très bien ! Bon ok, c'était pas les Brigades du Tigre, c'était l'équipe des écureuils, ma compagnie aux Scouts et Guides de France, et ok, c'était pas vraiment le désert, c'était le parvis du quartier d'affaires de la Défense... Mais c'était quand même de la débrouille.

Et puis, si le projet est d'avoir un véhicule imposant pour compenser la taille d'un pénis en dessous de la moyenne, il y avait d'autres moyens plus efficaces comme avoir une VISA Black ou s'appeler Donald et devenir président des États-Unis.

#17

Le groupe **TRYO** composé de **QUATRE** musiciens

De toute façon le monde ne respecte plus les chiffres :

on dit qu'il y a trois mousquetaires alors qu'ils sont **quatre**, on dit que le G20 a 20 pays alors qu'il en a **41**, on dit que Cyril Hanouna est une seule personne alors qu'il y a clairement **tout un hôpital psychiatrique** dans sa tête.

Je pense qu'en fait les musiciens de Tryo ne savaient pas comment s'appelle un groupe au-delà de trois personnes et lorsqu'ils ont cogité pour trouver le nom du groupe, ça a dû ressembler à ça :

« Euh... à deux c'est un duo, à un c'est un... bah un uno,
et à trois c'est un tryo, *man*.
- Ouais mais on est quatre, *man*.
- Je sais, *man*, mais tryo ça marche aussi pour quatre.
- T'es sûr ? Bon ça s'écrit comment, *man* ?
- Euh... T - R - Y - O, *man*.
- C'est pas un « i », *man* ?
- Chhhh... laisse-toi faire Guizmo... »

#18

Le **DOGA**, le **YOGA** pour **CHIEN**

Alors question simple :

EST-CE QUE LES CHIENS ONT FORMULÉ UN DÉSIR DE PLUS GRANDE SOUPLESSE ?

Non. À aucun moment je n'ai entendu parlé d'un shiba qui était malheureux parce que son chakra du Canigou n'était pas ouvert.

En plus les chiens font naturellement du yoga, la preuve : il existe une position qui s'appelle « position du chien tête baissée », alors ils n'ont pas besoin de s'entraîner. C'est un sujet qu'ils maîtrisent déjà ; comme Blanche Gardin maîtrise l'humour, ou comme Anne Roumanoff maîtrise l'absence d'humour.

Pour info, pour rester en forme, un chien n'a pas besoin de faire du yoga. Il a juste besoin de courir au parc (si c'est un labrador), ou de tourner dans un clip de la Mafia K'1Fry (si c'est un rottweiler qui s'appelle Sultan).

#19
Les **GELS** « **EFFET** décoiffé »

Le but du gel, c'est de mettre en valeur la chevelure, pas de la saccager. Ça vous viendrait pas à l'idée d'acheter

UN DENTIFRICE « EFFET JEAN-LUC MÉLENCHON » ?

Bon bah là c'est pareil.

Et puis, quelle est la logique de payer pour quelque chose qu'on possède déjà ? Quand on se réveille, on est déjà décoiffé. Donc la seule chose à faire, c'est ce que les scénaristes de *Plus belle la vie* font chaque jour à leur travail :

ABSOLUMENT RIEN.

Ou alors, ça veut dire que ces gens se coiffent d'abord pour se décoiffer ensuite. Mais c'est énormément de travail juste pour se faire la coupe de Matthieu Chedid. (Pour l'anecdote, le chanteur M a été contraint de se coiffer ainsi par les triades de la mafia hongkongaise. C'était une punition pour avoir volé une statuette de chat dans un buffet à volonté du Sichuan en 1994.)

Et si vous aimez tant que ça cet effet décoiffé, bah vous fatiguez pas avec du gel. Il existe un truc qui s'appelle **« LE VENT »**, c'est américain, ça vient de sortir. C'est un mouvement d'air qu'on trouve dehors et ça fait un super effet décoiffé, **et gratuit en plus !**

#20
Les gens qui font **DE L'ESCRIME** alors que les **FLINGUES** ont été inventés

Vous connaissez le pistolet Beretta 9 mm ?
Non, parce que c'est **super efficace** contre un fleuret.
Enfin, je crois… À vrai dire, j'ai jamais tiré
avec une arme à feu.

PAR CONTRE, JE ME SUIS DÉJÀ BATTU EN UTILISANT UN FLEURET.

Je m'en souviens comme si c'était hier…

Ils étaient 12. Des vrais loubards qui se déplaçaient en Vespa. Leurs visages pâles, d'une blancheur toute noire, et leurs cris transperçant mon âme comme une flèche traverse la chaire sur un champ de bataille sous la pleine lune d'été. Je retenais mon souffle pour qu'ils ne me vutent pas. Mais trop tard, leur chef, un colosse aux yeux de jade, me vut et il entreprena de me frapper jusqu'à la mort, jusqu'à ce que mes os ne forment qu'une bouillie de cartilage. Et moi pour me défendre, je n'avais qu'un fleuret, un simple fleuret, brindille de métal dans lequel se reflétait l'œil de la nuit et mon funèbre destin.

Bon… Je sais c'était un passage **hyper chiant** à lire mais je voulais montrer aux éditions First que j'étais capable d'écrire de belles choses, façon roman. Parce que c'est pas avec ce bouquin que je vais décrocher un Goncourt.
Même pas un Goncourt des lycéens en vrai… À la rigueur un Goncourt des SEGPA peut-être, et encore…

#21

Les gens qui ont peur que le gars chargé de **LA SÉCURITÉ À L'AÉROPORT** découvre une arme à feu dans leur sac **ALORS QU'ILS N'ONT PAS D'ARME À FEU DANS LEUR SAC.**

#22

Les tisanes **« NUIT CALME »** qui t'obligent à te lever 5 fois dans la nuit pour aller pisser.

#23

LES CHASSEURS qui n'arrivent pas à faire la différence entre un joggeur en baskets fluo et un sanglier.

#24
L'ÉMISSION
La France a un incroyable talent
qui caste des
ARTISTES ÉTRANGERS

C'est quand même étrange de sélectionner un artiste néerlandais quand on cherche une star nationale.

SI M6 LANÇAIT « LA FRANCE A UN INCROYABLE TENNISMAN », JE COMPRENDRAIS

qu'on soit obligé de chercher ailleurs, mais là c'est pas assez large pour trouver sur notre territoire ?

Réfléchissez juste à tous les gens talentueux autour de vous qui pourraient participer. Le cousin de mon père par exemple,

IL EST CAPABLE D'AVALER 15 PASTIS SANS FAIRE DE COMA ÉTHYLIQUE

tout en gardant un discours raciste à l'incohérence irréprochable. Pourtant, on n'a jamais retenu sa candidature, tout ça parce qu'il était en prison après son accident de la route.

J'ai l'impression que M6 ne s'est pas vraiment démené sur ce coup-là. Ils sont largement capables en plus. Vous n'allez pas me faire croire que cette chaîne n'est pas capable de trouver un seul bon magicien made in France alors que chaque saison, elle réalise l'exploit de trouver une dizaine d'agriculteurs propres pour *L'Amour est dans le pré*.

#25
DONALD, qui porte une chemise et **PAS DE SLIP**

Bon, il est évident qu'on ne peut pas demander à un canard de faire preuve de la plus grande des cohérences. Mais là on est quand même sur un truc basique.

DANS LA VIE, ON MET UN SLIP, BON SANG !

Sauf Benjamin Griveaux, bien sûr.

À ce niveau d'absurde qu'est la tenue de Donald, autant ne rien lui mettre. En plus c'est pour cacher quoi ? Sa chemise ?

Vous avez déjà vu un canard avec un 90C vous ?

Moi oui. Mais c'était un voyage scolaire traumatisant dans la région de Tchernobyl. Depuis, tous les matins, je crache des boules de viande noire dans mon bol de Chocapic.

C'est absurde que Donald soit donc cul nu à longueur d'aventures, et puis c'est choquant. **Quelles images montre-t-on à notre jeunesse ?** Doit-on laisser nos enfants regarder de la pornographie animale ?
Un canard n'a pas à être nu sur un écran. Il a juste à être joliment habillé de deux oranges sur un plateau en argent.

#26 Wejdene

Aux États-Unis, il y a eu Mitch le 22 octobre 1998,

EN FRANCE NOUS AVONS DÉSORMAIS LE 23 AVRIL 2004 :

jour de naissance de Wejdene dans un magasin Sephora de Seine Saint-Denis, suite à l'accouplement d'un fond de teint chocolat et d'un gloss pailleté.

Son succès défie les lois les plus élémentaires de la méritocratie. J'ai d'ailleurs une pensée pour toutes les vraies chanteuses qui travaillent dur pour percer et qui ne connaissent pas une telle carrière. Je dis

« VRAIES CHANTEUSES »

car si Wejdene est chanteuse alors dans ce cas-là, moi je suis pivot des Lakers et Nicolas Canteloup est imitateur.

#27
Les gens qui **CRIENT** sur les arbitres devant un match de foot à la télé

Bon et si on se le disait une fois pour toute :

NON, L'ARBITRE NE VOUS ENTEND PAS QUAND VOUS PARLEZ À VOTRE ÉCRAN.

D'ailleurs les joueurs non plus, ni le sélectionneur...
En fait, la seule personne qui vous entende, c'est moi, car je suis votre voisin du dessous...

Même s'ils vous entendaient, sachez une chose : les arbitres de football n'écoutent personne. S'ils écoutaient les gens, vous pensez que quelqu'un ne les aurait pas déjà dissuadé de faire un autre métier ?

Donc pour toutes ces personnes qui gâchent leurs décibels, retenez qu'il y a deux choses impossibles dans le monde du foot : qu'un arbitre vous entende alors que vous lui parlez à travers l'écran, **et qu'un joueur de foot utilise le subjonctif dans une phrase.**

#28

Les **ÉCOSSAIS** qui portent **DES JUPES** alors qu'ils n'ont qu'une saison : **L'HIVER**

En toute logique, l'habit traditionnel aurait dû être une peau de mouton pour se protéger du froid et n'importe quel masque pour cacher leur visage à l'asymétrie légendaire.

Mais non, ils ont choisi une jupe.

Et pas n'importe quelle jupe, **le kilt !** Qui peut croire que cette robe puisse convenir à des fiers guerriers nés dans les hautes terres d'Écosse il y a 400 ans ? Non, elle est faite pour une Versaillaise qui se rend à la manif pour tous avec ses 16 enfants.

(Enguerrand c'est le petit dernier, plus tard quand il sera grand il voudrait faire Christine Boutin.)

Qu'est-ce qui leur a pris ?

Je pense qu'ils étaient sûrement ivres le jour où ils ont choisi ce vêtement traditionnel.

Le problème c'est qu'aucun Écossais n'a jamais dessaoulé depuis.

Bien sûr, tout est relatif. Dans la grande famille des habits folkloriques, il y aura toujours plus absurdes que le kilt : le string pour lutteur obèse au Japon, le dessous de verre dans la lèvre chez les indiens d'Amazonie, et les vestes Desigual pour les profs de français.

#29
Les **PUBLICITÉS** pour pizza qui **CONSEILLENT** de manger 5 fruits et légumes

Le non-sens de ce bandeau
« mangez 5 fruits et légumes par jour »
est l'un des plus croustillants que j'ai observé
dans ma carrière de chasseur de N.S. (Non-Sens).

**IL S'AGIT D'UN N.S.P.
(NON-SENS PREMIUM).**

Certains diraient même qu'il s'agit d'un N.S.A.J.A.I.F.S.C.
(Non-Sens Auquel J'ai Ajouté des Initiales
pour Faire un Sigle Compliqué).

La publicité envoie quand même des messages assez
contradictoires. En gros la pub dit :
« Achetez cette pizza, **MAIS** mangez autre chose,
c'est vraiment pas ouf pour votre santé ».
La même chose sur une pub de voiture ça donnerait
« Avec Volvo, roulez en toute sécurité en prenant le train ».

#30
HARRY POTTER
qui sait voler mais qui continue de se rendre à Poudlard en **TER**

Si on avait la possibilité de voler en Nimbus 2 000,
est-ce qu'on se ferait chier à prendre
un train corail à destination de Mulhouse ?
Non, parce que de toute façon,

**PERSONNE
NE VA À MULHOUSE.**

Alors oui, le « Poudlard express » est très joli visuellement. On est sur un train plus stylé qu'une vieille micheline de la région Midi-Pyrénées qui sent l'amiante et le cheminot syndicaliste. Mais bon ça reste un train, un endroit où tu es réveillé toutes les 10 minutes par une annonce et où tu paies un sandwich triangle au prix d'un F5 dans les Hauts-de-Seine.

Non, on n'y croive* pas une seconde.

**De toute façon,
la saga Harry Potter
est complètement irréaliste :**
comment croire qu'en 7 épisodes,
un adolescent ne se rend pas une seule fois sur un site porno ?

** Je conjugue ce verbe comme je veuille***

*** C'est clair ?!*

#31

LES PIRATES

qui choisissent
comme pilote de bateau
un mec à qui il manque
une main, une jambe
et un œil

Si vous rentriez de boîte de nuit,

CHOISIRIEZ-VOUS COMME CAPITAINE DE SOIRÉE LA PERSONNE QUI A VOMI SON GIN DANS LE CANIVEAU

il y a 5 minutes, et qui a le même regard que Forrest Whitaker sobre ? Non, hein ? Et bien pourtant, c'est ce que faisaient les pirates à chaque fois qu'ils désignaient le pilote du bateau.

Heureusement les choses ont changé. Si avant on permettait à n'importe qui de devenir pilote, aujourd'hui il y a un minimum requis pour obtenir le permis bateau : suivre 8 heures de formation et posséder au moins 5 marinières Armor Lux.

Mais reconnaissons au moins que les pirates ont su confier de grandes responsabilités à des handicapés. D'ailleurs, depuis la fin de la piraterie, il aura fallu attendre trois siècles pour revoir une telle ouverture d'esprit, avec le recrutement de Kóstas Mítroglou en tant qu'attaquant de l'OM.

#32

LES RECRUTEURS DE MCDO

qui demandent « Quelles sont vos motivations pour intégrer l'équipe ? »

#33

LES CHRÉTIENS

qui pensent qu'un morceau de chips sans sel est le corps du Christ.

#34

Les hommes qui fument **LA PIPE** en 2021.

#35

Les organisateurs du **TOUR DE FRANCE** qui le font partir de Copenhague.

#36

Les gens **QUI S'ABONNENT À UNE SALLE** de sport pour faire du jogging

Le jogging est une activité **gratuite**, que l'on peut pratiquer n'importe où, et sans équipement.

ALORS POURQUOI ALLER À LA SALLE DE SPORT ?

Peut-être que vous vouliez faire des rencontres...
Mais qui ? Jason qui est en couple avec son triceps droit ?
Chelsea qui pense qu'Émile Zola est un fromage italien ?
Ou Liam qui ne sait pas que le tatouage chinois sur son épaule veut dire « dauphin turbulent » ?

Non. Si les gens vont à la salle de sport, ce n'est ni pour tisser du lien ni pour courir sur un tapis. S'ils y vont, c'est pour profiter d'équipements derniers cris : des poids pour mettre à l'épreuve leurs muscles, et des douches collectives pour mettre à l'épreuve leur hétérosexualité.

#37
Les gens qui mangent des **PIPAS**

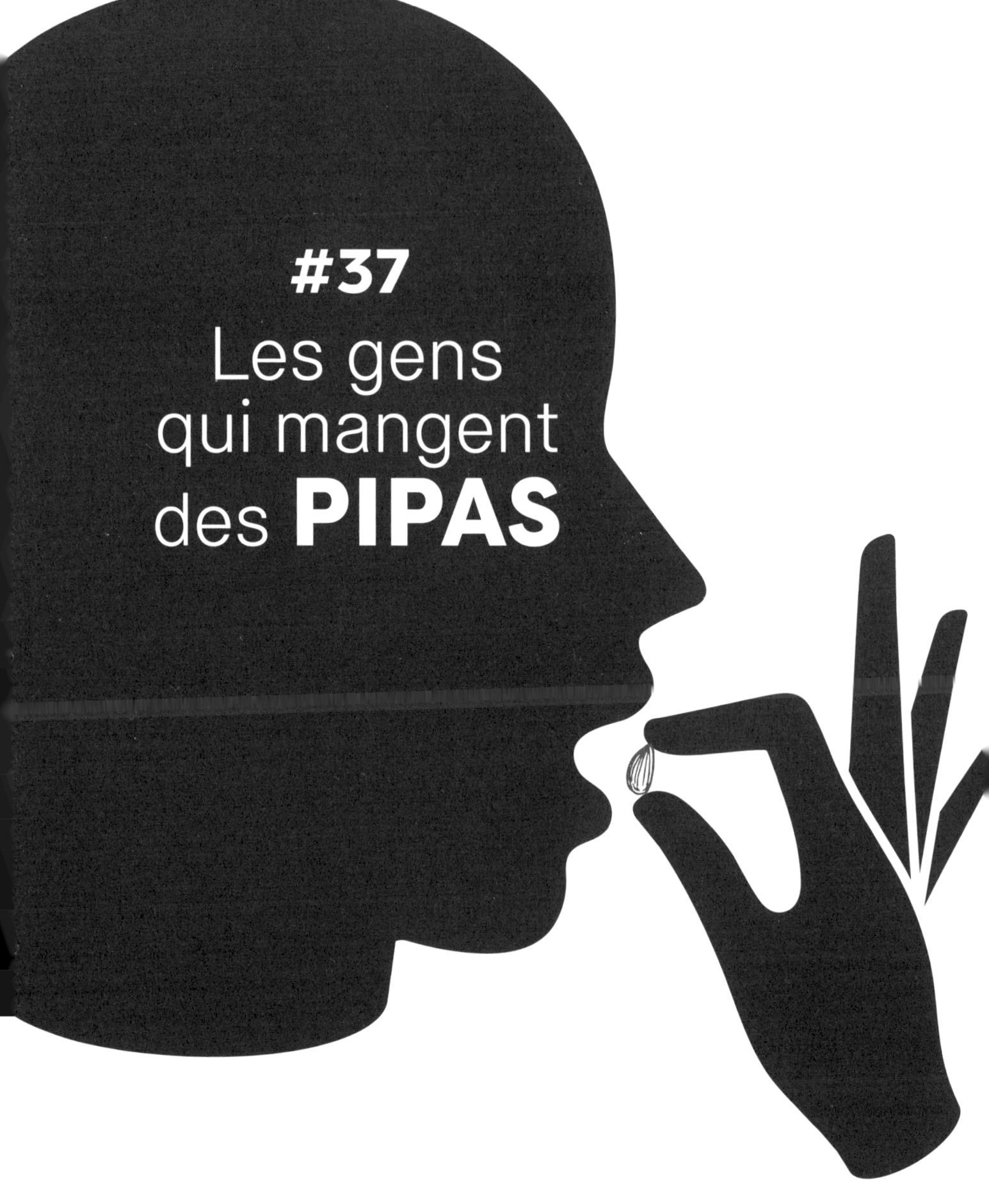

Passer 45 minutes à décortiquer une coquille
pour manger une graine sans goût ?

Qui sont-ils pour avoir autant de temps à gaspiller ?

Des maîtres du temps de Fort Boyard ?

Des dieux ?

Non. Même Dieu n'a pas autant de temps à gaspiller dans sa vie éternelle. Il a des galaxies à créer, des créatures à inventer. Vous croyez qu'il aurait inventé le vélociraptor s'il avait pris le temps de décortiquer des pipas ?

CERTAINEMENT PAS.

Il se serait arrêté aux organismes unicellulaires, puis il aurait fait une pause de 3 milliards d'années, le temps de décortiquer 5 pipas, et on ne serait pas les humains que nous sommes.

Heureusement, Dieu a du bon sens, il mange des TUC au bacon, comme les gens normaux.

Et puis, rien que le nom devrait les dissuader : « pipas ». En général, les mots qui finissent en « asse » n'augurent rien de bon : « paperasse », « crevasse », « Michel Jonasz ».

Vous voyez ? J'ai dit Michel Jonasz et maintenant vous avez *Joueurs de blues* coincé dans la tête pour la journée.

Alors réfléchissez un peu avant d'agir dans vos actions.

#38

Le maréchal-ferrant,
qui porte le titre du
plus **GRAND**
OFFICIER
de France alors que c'est
juste un mec qui pose
des **FERS** sur un
CHEVAL

Je n'ai rien contre cette profession, je suis certain qu'elle reste mille fois plus noble que d'autres – dont je ne parlerai pas pour ne pas faire de peine aux notaires – mais c'est quand même très insultant pour les vrais maréchaux.

Imaginez ce qu'a dû faire le maréchal Pétain pour obtenir ce grade. Réussir ses études à Saint-Cyr, remporter la bataille de Verdun, et après... Bon après, vaut mieux s'arrêter. La suite est moins bonne, comme Indiana Jones, faut s'arrêter au 3. Alors qu'en comparaison,

le plus grand fait d'armes d'un maréchal-ferrant c'est d'avoir fait une pédicure à Chipie, un poney shetland du haras de Neuilly-sur-Marne.

Et puis, je dois être franc avec vous, la première fois que j'ai entendu « maréchal-ferrant » je croyais que c'était un nouveau chanteur de ragga dancehall, comme « Admiral T » ou « Colonel Reyel ». J'attendais avec impatience un titre aux mélodies sucrées comme *Caresse ma crinière* ou *Ancrée à ton mors*, mais rien. Pas un titre... Quelle déception. Depuis ce jour, je n'ai jamais pardonné aux maréchaux-ferrants.

#39

Les conseillers **D'ORIENTATION** qui t'expliquent quoi faire après le collège **ALORS** qu'eux-mêmes sont encore au collège

Si vous aviez besoin de conseils de voyage, de qui voudriez-vous les prendre : de Mike Horn qui a traversé l'Amazonie à pieds, ou du mec de votre quartier qui habite encore chez ses parents et qui sort avec la même copine depuis ses 13 ans ?

Pour orienter les gens, il faut déjà avoir le sens de l'orientation, ce que les conseillers n'ont pas puisque

DE TOUTE ÉVIDENCE, ILS N'ONT PAS SU S'ORIENTER VERS LA SORTIE DU COLLÈGE.

Je crois qu'à la base, ils ont été convoqués dans ce bureau quand ils étaient en 4e, mais ils n'ont jamais trouvé la porte pour en sortir.

Je ne vois aucune autre explication, car il n'y a que trois raisons pour une personne de plus de 16 ans d'être encore bloqué au collège : être conseiller d'orientation, être professeur, ou être Wejdene, qui cette année quadruple sa 6e à cause des verbes du 1er groupe.

#40
LES CHÂTEAUX FORTS
dans les aquariums
alors que les poissons
se foutent
de l'architecture

Ils ne sont pas assez évolués pour apprécier l'architecture médiévale. Vous auriez mis une réplique de la cité des 4 000 de la Courneuve, ils n'auraient pas fait la différence. Ce n'est pas une chose qu'un poisson peut comprendre. À la limite, il vaudrait mieux leur diffuser *Les Anges de la téléréalité*, ça c'est abordable pour un poisson rouge, ou même une éponge de mer. Donc si vous voulez vraiment lui faire plaisir à votre poisson, relâchez-le.

Laissez-le finir ses jours de manière naturelle : étouffé par un sac plastique aux larges du Pacifique.

Après, je sais que vous faites ça pour que le poisson puisse se cacher et avoir son intimité. Mais c'est comme ce bonsaï que vous avez installé sur le bureau de votre *open space*. Il ne vous fera pas oublier que vous détestez votre job, et que vous n'avez pas eu de promotion depuis 12 ans,

car c'est Vincent, le connard du 4e qui l'a eue à votre place.

Alors enlevez ce bonsaï et ce château fort, **ils ne sont qu'un glaçage superflu sur le gâteau amer de votre vie.**

#41

LES GENS

qui mettent
des vidéos
DE FEU DE CHEMINÉE.

#42

LES ZÈBRES,

que la nature a pourvu
d'un camouflage, mais qu'on
voit quand même car ils
vivent par groupe de 5 000.

#43

LES PATATES qu'on peut aussi appeler **« POMMES DE TERRE ».**

#44

La ville de

qui comme son nom l'indique est dans l'État du Missouri.

#45
LOUIS XIV qui fait construire un château en marbre et en dorures mais qui chie dans les couloirs

C'est une véritable anecdote historique :

les nobles de la cour de Versailles étaient si sales qu'ils déféquaient dans les couloirs.

Vous imaginez ? Moi, je ne l'ai fait qu'une fois. C'était chez mes beaux-parents. Ils ont moyennement apprécié car selon eux j'aurais « ruiné l'esprit de Noël ».

Je ne comprends pas Louis XIV : se donner autant de mal à construire un truc bien pour le souiller après, on dirait moi avec toutes mes relations amoureuses.

Franchement, si le projet était de se réunir avec tous ses potes et d'être sale, il aurait dû monter une ZAD, ça aurait été plus vite.

Heureusement, c'est du passé. **Aujourd'hui on a des toilettes partout.** Sauf dans le train, où il y a tellement d'excréments sur les murs que ce ne sont plus des W.-C. mais l'intérieur d'un intestin grêle.

#46
Les dents de sagesse qui ne
SERVENT À RIEN
à part enrichir votre
stomatologue

En vérité, à l'origine, elles servaient à mastiquer de la viande non cuite. Mais aujourd'hui plus personne ne mange d'entrecôte crue, hormis les 3e lignes de Castres. De plus,

L'ÊTRE HUMAIN POSSÈDE DÉJÀ BIEN ASSEZ DE DENTS : 32 POUR UN ADULTE NORMAL, 138 POUR JEAN-MARC MORANDINI.

Hormis les dents de sagesse, notre corps est encombré de choses inutiles comme l'appendice, le coccyx, ou ce 5e testicule que nous avons tous au niveau du thorax.

C'est inutile mais surtout extrêmement douloureux. L'année dernière j'ai eu mes dents de sagesse.
J'ai enfin compris ce que ressentait ma copine quand elle souffrait à cause de ses règles. Eh bien, ça m'a fait réfléchir, et depuis j'ai radicalement changé… de copine.

Alors j'espère qu'un jour l'évolution supprimera les dents de sagesse ; et qu'elle supprimera aussi notre petit orteil qui se tape dans les coins de porte (responsable à lui seul de 80 % des insultes sur les mamans).

#47 LES COMPLOTISTES qui conseillent de vérifier SES SOURCES alors qu'ils croient un mec qui fait des vidéos au volant de sa FORD MONDÉO

Alors oui, ça arrive que les médias colportent de fausses informations : l'interview truquée de Fidel Castro par PPDA, l'arrestation de Xavier Dupont de Ligonnès dans *Le Parisien*, l'article de *Libération* sur Jean Lassalle qui serait une loutre de mer (alors qu'en réalité c'est une variété de figue de Barbarie) ; mais

EST-CE QUE LA PRESSE CLASSIQUE EST RÉELLEMENT MOINS FIABLE QUE MAXIME, DU RAYON ROBINETTERIE CHEZ CASTORAMA,

qui se filme dans les embouteillages ?

Si on croyait tout ce qu'on voit sur Internet, on croirait que la Terre est plate, que les vaccins contiennent de la 5G, et que les joueurs de pétanque ne sont pas tous alcooliques.

Après, je comprends qu'on puisse tomber dans le panneau. J'ai regardé une vidéo qui disait **« PABLO MIRA EST-IL UN ILLUMINATI ? ».** Ça durait 2 heures 45, et maintenant je suis persuadé d'en être un. D'ailleurs, je suis tombé sur une autre vidéo qui, elle, affirme que je serais reptilien. À confirmer, parce que d'après un autre blog je serais juif, et je crois que l'un annule l'autre. Il faudrait demander à Maxime.

#48

Les gens qui font un **TATOUAGE DE GUERRIER MAORI** alors qu'ils ont grandi **À LILLE**

Le principe d'un tatouage tribal, c'est de montrer qu'on appartient à une tribu, donc un tatouage maori quand on habite dans les Hauts-de-France, ça n'a aucun sens.

Est-ce que les Maoris de Nouvelle-Zélande se tatouent des coupes mulets et des Seat Ibiza tunées sur le mollet ?

En plus, ces 7e dan en appropriation culturelle adorent donner la signification du tatouage : « ça veut dire Léopard Broyeur de Fémur » comme s'ils parlaient couramment la langue tribale d'un peuple qui vit à 20 000 km d'ici. Moi, je ne parle pas maori mais je sais que la traduction doit être : **« Je suis un beauf »**.

Et pour être honnête, il faudrait arrêter avec le concept du tatouage à chaque fois que l'on a une épreuve dans la vie : le nom d'une ex après une rupture, un phénix après une dépression...
Ou alors, autant faire un tir groupé : si on veut se tatouer tout ce qui représente la souffrance dans le monde, on se dessine le visage de Loana sur le pec droit, et on n'en parle plus.

#49

E.T.

qui peut voyager
dans l'espace
mais qui réclame un
TÉLÉPHONE FIXE
pour rentrer chez lui

Ça n'a aucun sens de demander à nous, humains, un moyen de contacter les siens. Leur technologie est bien supérieure. C'est comme si j'allais chez C&A pour demander de beaux vêtements.

IL VA APPELER QUI AVEC UN TÉLÉPHONE FIXE ? POUR LES EXTRATERRESTRES, C'EST L'ÉQUIVALENT DU TÉLÉGRAPHE.

C'est quoi sa planète pour utiliser des technologies aussi désuètes ? Est-elle jumelée avec la préfecture des Hauts-de-Seine ?

Mais admettons, on lui donne un téléphone. Il va faire quoi ? Composer le numéro de ses parents sur sa planète ? Vous avez une idée du coût en PCV d'un appel d'aussi loin ? Ils vont raccrocher direct ! Moi, une fois on m'a appelé en PCV depuis la ville voisine, c'était ma fille Ludivine elle était en « service » de réanimation, et elle avait besoin d'un rein compatible. Malheureusement, j'ai dû donner ce rein pour payer la facture de cet appel en PCV.

#50
LES HABITANTS
de pays développés
qui achètent
de l'eau en bouteille

L'eau du robinet est potable en fait... Sauf si vous vivez dans la Creuse, où il faudra encore attendre quelques années pour qu'elle arrive, comme pour l'électricité, la roue, et l'extinction des dinosaures d'ailleurs.

J'ai l'impression que le but des pays développés, c'est vraiment de narguer au maximum les pays du tiers monde.

Regardez, on a de l'eau gratuite mais on va quand même en acheter. Regardez, on a tellement à manger qu'on va jeter de la nourriture. Regardez...

Bon j'arrête c'est long et pénible, on dirait tous mes rapports sexuels.

Acheter de l'eau minérale c'est inutile, et en plus, c'est galère. Il faut porter les packs d'eau. Ma mère l'a fait toute seule pendant des années car mon père était bien trop occupé par ce projet qu'il appelait « abandonner sa famille ».

#51

Baisser **LA MUSIQUE** pour faire un créneau

Comment qualifier les gens qui font ça sans être insultant ?

Hum... je dirais... je dirais qu'ils sont...
qu'ils sont complètement cons.

Alors j'ai quand même trouvé plusieurs raisons logiques mais improbables qui expliqueraient cette pratique :

La 1re : le bouton volume de votre autoradio enclenche la marche arrière, parce que votre véhicule a été assemblé par Stevie Wonder. Oui, il a travaillé deux ans sur une ligne de montage Toyota après avoir perdu son chemin à la sortie d'un concert à Valencienne.

La 2e : vous baissez la musique car vous écoutez le dernier album de Marwa Loud et vous avez peur qu'un mélomane vienne saccager votre voiture une fois garée. Si c'est le cas, je comprends. Je comprends ce passant qui veut saccager votre voiture.

Ou alors, c'est pour vérifier que vous ne percutez pas la voiture de derrière. Mais si votre niveau de conduite est aussi médiocre, **c'est que vous n'auriez jamais dû obtenir votre permis de conduire ; et que vous êtes donc tout à fait à prêt à recevoir votre licence de chauffeur VTC.**

#52

Les personnages de manga qui sont Japonais mais qui n'ont pas **LES YEUX BRIDÉS**

D'accord, c'est pas parce qu'une personne vit au Japon, qu'elle est forcément japonaise, mais quand le personnage de manga s'appelle **Akira**, que les membres de sa famille s'appellent **Ayumi**, **Hideo** et **John-Tadashi**, c'est qu'il y a quand même un indice sur leurs origines.

Et il n'y a pas que les yeux, il y a les cheveux. Prenons l'exemple de Jeanne, dans *Jeanne et Serge*. Elle est rousse aux yeux bleus, et capitaine de l'équipe du Japon. Excusez-moi, mais

LA SEULE FEMME ROUSSE AU JAPON, C'EST L'ANCIENNE RESPONSABLE DE LA SÉCURITÉ DE FUKUSHIMA.

Alors certes, elle a un très bon niveau au volley grâce à ses 5 bras mais en 1994, elle n'existait pas.

Après il faut reconnaître que les mangas ne sont pas censés être réalistes. Le terrain d'*Olive et Tom* est plus grand que le Luxembourg, Son Goku ressuscite plus de fois que Patrick Balkany en politique et Sailor Moon n'a jamais été harcelée une fois par un producteur.

Enfin, n'oublions pas que l'idée que les personnages japonais n'ont pas besoin d'être japonais, a donné l'un des pires moments du cinéma : *Nicky Larson et le Parfum de Cupidon* de et avec Philippe Lacheau.

#53

Les gens qui mettent des chaussures **DE TREK** pour se balader **1 HEURE AU PARC**

Alors voilà ce qu'est devenu notre civilisation ?
Un peuple si faible qu'il a besoin d'un maintien de la cheville et d'un amorti de la semelle pour marcher sur un sentier plat ?
Vous imaginez, qu'à une époque, les gens cavalaient pieds nus dans les bois, marchaient sur des rochers affutés sans s'en rendre compte, et rentraient chez eux sans se plaindre pour manger de l'écureuil grillé !
C'est une période que les historiens appellent la « Préhistoire » et que les habitants de la Creuse appellent « la semaine dernière ».

LA DERNIÈRE FOIS J'ÉTAIS AU CHAMP-DE-MARS, ET IL Y AVAIT MÊME DES GENS AVEC DES BÂTONS DE MARCHE !

C'est fou. Quand je pense qu'en 1997, j'ai survécu seul en Amazonie avec juste un canif. Je marchais pieds nus sur des cobras sans sourciller, et j'avais dressé un cacatoès pour rire à mes blagues. Mais un jour il n'a pas ri, alors je lui ai offert une mort digne, en le cuisinant avec des patates douces. Il était délicieux. Il me manque.

Une chose est sûre, nous sommes trop habitués au confort, la société française ne sait plus supporter la souffrance comme elle l'a fait lors de la guerre ou lors de la compil' *Raï'N'B Fever* dans les années 2000.

#54

LES MÉDECINS

qui désinfectent
les seringues
avant une euthanasie

En fait, le mec va mourir dans 5 minutes, donc une infection cutanée c'est pas son souci principal.

ON POURRAIT TREMPER LA SERINGUE DANS DE L'URINE ET DU GUACAMOLE QU'IL NE NOUS EN VOUDRAIT MÊME PAS.

Là le projet, c'est de le dégrader ce corps, donc plutôt que de le piquer avec une aiguille stérilisée, il faudrait le ruiner avec ce qu'il y a de pire pour un corps : des clopes dans les poumons, du whisky directement dans le foie et un bon vieux livre de Guillaume Musso devant les yeux.

En fait, pas besoin d'euthanasie pour mourir, il suffit de vivre à fond. Waow, c'est beau ce que je viens de dire. Beau et niais. Ou ce que Guillaume Musso appelle « un nouveau projet littéraire ».

#55
LES RETRAITÉS
qui font
LEURS COURSES
avec tout le monde
le samedi

Déjà à la base, faire ses courses, c'est insupportable. On fait la queue, les allées sont éclairées comme un cabinet de dentiste clandestin, la playlist est celle d'un DJ de boîte de nuit du Loire-et-Cher. Mais alors, le samedi, les courses… c'est… juste… un… (maîtrise du suspens école Jean-Alfred Hitchock)… enfer.

Et pourtant, certains retraités choisissent quand même de faire les courses ce jour-là.

ALORS, POURQUOI ? QUE SE PASSE-T-IL ?

Voici une liste d'hypothèses pour expliquer ce phénomène déroutant :

Hypothèse 1 : Les vieux cherchent à tromper l'ennui car France 3 a fait l'erreur de ne pas programmer 17 épisodes de *Rex* le samedi après-midi.

Hypothèse 2 : Ils espèrent rencontrer un maximum de gens afin d'attraper la covid 19 pour en finir avec la vie et leur terrible addiction aux chaussures Geox.

Hypothèse 3 : C'est l'hypothèse qui est, en général, entre la 2 et la 4.

Hypothèse 4 : Ce ne sont pas des vieux, ce sont juste des jeunes de 25 ans qui sont fans de France Musique.

#56

LES CHATS
qui préfèrent dormir dans un carton plutôt que sur le canapé

C'est fou cette capacité des chats a toujours faire des mauvais choix. On dirait moi avec ma carrière.

ATTENDEZ, EST-CE QUE JE SUIS UN CHAT ?!

Laissez-moi vérifier... Je suis petit, recouvert de poils, je dors 17 heures par jour et ce matin j'ai ramené un mulot mort à ma compagne. Non, je crois que je suis comme tout le monde, en fait.

Qui dort volontairement dans un carton ?

Si un SDF avait le choix, il dormirait sur un canapé, non ? Sauf bien sûr s'il s'agit d'un canapé Fly.

En faisant ça, je n'arrive pas à savoir si les chats rendent hommage à Solid Snake ou à Mallaury Nataf.

Les chats sont une énigme, ils ont tout le confort à disposition mais continuent de vivre comme dans la rue. À mon avis, ils veulent garder leur « street cred », un peu comme les rappeurs.

Attendez... les rappeurs sont-ils des chats ?

Laissez-moi vérifier... Ils se battent dans la rue, ils ont des noms ridicules, ils parlent toujours de chattes. Non, je crois qu'ils sont comme tout le monde, en fait.

#57

L'EMBARQUEMENT

dans l'avion qui se fait par catégorie.

#58

Les AMIS CÉLIBATAIRES

qui donnent des conseils de couple.

#59
LES PISCINES
sur les bateaux
DE CROISIÈRE.

#60

Les aliments surgelés qui pourraient juste s'appeler « gelés »

Se croient-ils supérieurs aux autres éléments de la nature ?

Ils ne sont pas plus gelés que les autres choses qui gèlent.
Comment est-on censé appeler ces autres aliments ?
Des aliments « sous-gelés » ?
C'est un genre de racisme du froid.

Est-ce que moi je décide de m'appeler « Sur-Pablo » pour me déclarer supérieur à tous les autres Pablo du monde ? Non. Et pourtant je pourrais car les autres Pablo du monde sont goûteurs de gras en Andalousie ou conducteurs d'ânes au Pérou, et je les domine financièrement.

Et puis les surgelés sont-ils vraiment supérieurs ? Je ne crois pas. Une pizza surgelée est même moins bonne qu'une pizza normale. D'ailleurs, quand on y réfléchit,

TOUT CE QUI COMMENCE PAR « SUR » EST MOINS BIEN QUE L'ORIGINAL :

le survêtement moins classe que le vêtement,
la survie est moins agréable que la vie, le surimi moins bien que… que tout en fait.
Croyez-moi, le sur-gelé, c'est sur-fait.

#61

INSTAGRAM

qui laisse les influenceuses montrer leur cul mais qui bloque des peintures de seins nus

C'est scandaleux. Pour qui se prend Instagram
pour décider de ce que les femmes font de leur corps ?
Pour des députés des Républicains ?

QUI A DÉCIDÉ QUE LES SEINS D'UNE FEMME ÉTAIENT PLUS TABOUS QUE SES FESSES ?

Et surtout qui a décidé qu'une poitrine de femme
était plus sexuelle qu'une poitrine d'homme ?
Vous savez, quand je regarde Ryan Gosling torse nu,
je trouve ça hyper sensuel.
J'ai envie de dormir entre ses deux pectoraux musclés lors d'un
week-end au Center Parcs de Sologne en plein été et...
Désolé je m'égare dans mes désirs refoulés...

Bref, cette histoire de poitrine censurée sur les réseaux
sociaux, ça ressemble quand même fortement
à un bon vieux double-standards bien hypocrite.
Après, heureusement, dans cette affaire,
ce sont encore les femmes les victimes. Vous êtes choqués
par ce que je viens d'écrire ? C'est bien.
Je n'en pense pas un mot et je l'ai juste écrit pour voir
si vous lisiez encore ce livre. C'est bien. Je suis fier de vous !

#62

Les gens qui achètent un **MONOCHROME** de Barnett Newman pour 43 millions d'euros

Une toile bleue avec un trait vertical au milieu…

Même un chroniqueur de France Culture n'arriverait pas à intellectualiser cette image

alors qu'il pourrait tenir 2 heures sur le rôle du fer à repasser dans le dadaïsme des années 1920.

Alors je sais que c'est un peu caricatural, il y a sûrement beaucoup d'heures de travail pour réaliser cette toile… au moins 2 heures, ça c'est sûr : 1 heure 55 dans les bouchons en revenant de chez Leroy Merlin et les 5 dernières minutes à demander à son fils de renverser le pot de peinture sur une toile.

Mais ce qui me laisse pantois, c'est déjà le fait que je viens d'utiliser le mot « pantois », mais surtout le prix de ce tableau. **43 millions d'euros**. Je ne sais pas si vous imaginez ce que ça représente. Moi, j'ai du mal car je ne sais compter que jusqu'à 14, mais je crois que ça fait beaucoup beaucoup d'argent.

#63

LES GENS

qui disent que le
lancer de fléchettes
est un sport

Les fléchettes ne sont pas un sport, pas plus que le yo-yo ou le curling. **Pour devenir un sport, une activité doit vous faire dépenser au moins 1 000 calories par heure.** En lançant des fléchettes, il vous faudrait 387 années et 11 mois avec des lests de 30 kilos à chaque bras pour y arriver. Et encore, même après ça, vous seriez à peine plus musclé qu'Éric Zemmour.

Ce n'est pas parce qu'il existe des compétitions d'une activité que ça en fait un sport.

S'IL Y AVAIT UN TOURNOI DE LANCER DE TARAMA AQUATIQUE, ÇA N'EN FERAIT PAS UN SPORT POUR AUTANT.

Tout ne peut pas être sport dans la vie.
Le foot ça l'est, la boxe aussi, trouver un moniteur de ski sans IST ça l'est, mais les fléchettes, non.

#64
La **TÉLÉRÉALITÉ** censée représenter la réalité en filmant des chômeurs dans une villa à Cancún

La dernière fois que j'étais chômeur, Pôle Emploi m'a dit « vous êtes humoriste ? On vous propose un CDD de conseiller informatique chez Darty » ; alors

J'AIMERAIS SAVOIR QUELLE AGENCE PÔLE EMPLOI ENVOIE SES CHÔMEURS AU MEXIQUE AVEC UNE ALLOCATION CABINES À UV.

Et puis fallait-il vraiment créer une émission pour ça ? Il y a déjà des endroits prévus pour les gens sans activité qui s'insultent sans raison, et ces endroits ce sont Twitter et l'Assemblée Nationale.

En plus, à partir du moment où les candidats sont conscients qu'ils sont filmés, ça n'est plus de la réalité. Pour avoir de la vraie téléréalité, il faudrait que des cameramen filment des gens en cachette, sans les prévenir. Mais ce serait amoral, et puis **violer l'intimité des gens sans leur consentement, ce n'est pas le travail d'un cameraman, c'est celui d'un réalisateur de film césarisé.**

#65

Les livres de **BIEN-ÊTRE** qui recommandent l'acceptation de son **MAL-ÊTRE**

Dans la catégorie « développement personnel »
j'ai uniquement retenu ce non-sens mais j'aurais pu
en citer mille autres (en vrai 8-7 max).

Trouver son bonheur dans un livre c'est aussi probable que de trouver une dent blanche dans la bouche de Marine Le Pen.

De plus, on n'est pas heureux si on accepte son mal-être. On est heureux si on arrive à enfouir son malheur sous une montagne de déni et de rhum arrangé.

Et puis soyez logiques bordel ! Si vous acceptez vraiment votre mal-être, alors n'achetez pas un livre sur le bien-être. Mais si vous voulez éradiquer votre mal-être alors n'achetez surtout pas de livre sur le bien-être. Bah non. Ce serait fuir votre mal-être.

Je sais pas si j'ai été clair...

Vous savez, ces livres de développement personnel me rappellent une ex, Marianne.
Elle adorait parler aux arbres et faire tourner ses bolas enflammées après qu'on ait fait zizi-panpan.
Elle m'a toujours dit qu'il fallait apprendre à accepter ses malheurs, à « danser sous la pluie ». Aujourd'hui, elle est chargée clientèle chez Commodéo, une entreprise qui vend des meubles connectés. Alors je ne suis pas sûr qu'accepter son mal-être soit toujours bénéfique.

#66
L'orniTHORYNQUE

À mon avis, dans la grande usine de la vie, l'ornithorynque a été assemblé avec tout le surplus de pièces qui restait.
On était à deux doigts qu'il ait aussi une corne de rhinocéros sur le dos et des ailes de chauve-souris sur les yeux.

ON EST QUAND MÊME SUR UN ANIMAL AUSSI MAL ASSEMBLÉ QU'UN MEUBLE IKEA MONTÉ PAR STEVIE WONDER*.

Il y a moins de cohérence dans l'anatomie de l'ornithorynque que dans le discours d'un rappeur.
Visuellement, c'est le Centre Pompidou du règne animal.

Y A RIEN QUI VA !

Le bec on dirait celui d'un canard, le corps celui d'un castor, ses pattes celles d'une loutre, et sa chair elle a le goût d'un poulet fermier.

Oui j'ai déjà goûté de l'ornithorynque… Une vieille histoire de quand j'étais sniper dans un escadron de la mort au Guatemala à l'âge de 14 ans.

On sait plus quoi penser de cet animal : bec gonflé, toujours à poil, nom orthographié n'importe comment… En fait, c'est un candidat de téléréalité. Dans 2 ans, il est influenceur à Dubaï à faire des stories pour le blanchiment du bec.

Cet animal est tellement absurde que pendant des années j'ai cru qu'il s'agissait juste d'une créature légendaire, comme le Big Foot ou Jean Lasalle.

(Contrairement à Jean Lassalle, on sait depuis 2012 que le Big Foot existe vraiment.)

** Je ferai cette vanne autant de fois que je veux.*

#67
Wejdene

Vous avez certainement entendu les paroles de la chanson *Anissa* de Wejdene. Je ne les répèterai pas ici car elles me provoquent des plaques d'eczéma considérables

(et puis on n'a plus les moyens de lâcher un billet à la SACEM).

Et bien ces paroles-là ont été écoutées pas moins de **44 millions de fois sur Spotify.**

44 MILLIONS.

Même 44 ce serait déjà trop. Après il m'arrive de me tromper. La première fois que j'ai écouté Christophe Maé, je me suis dit : « C'est la pire chose que j'ai jamais écouté ». Et puis 1 an plus tard, Grégoire est arrivé.

#68

WALKER TEXAS RANGER

qui arrêtait des malfrats avec des coups de pieds retournés dans un État où 90 % des gens sont armés

Un peu de réalisme, bon sang !

Pour neutraliser un Texan, il faut au moins un fusil d'assaut ou lui demander de citer la capitale de l'Espagne.

Et puis je ne sais pas si Chuck Norris était au courant mais en fait, ce n'était pas une série sur le football : il avait le droit d'utiliser ses mains aussi. En même temps, je comprends que la production lui ait demandé des coups de pieds retournés tout le temps : **c'est de dos qu'il jouait le mieux.**

Cette série n'avait aucune cohérence de toute façon. À commencer par son horaire de diffusion, à savoir dimanche après-midi, juste après le journal de 13 heures. Était-ce vraiment une série si familiale ? Je pense qu'au moment de la galette des rois, on n'avait pas besoin de voir Chuck Norris défoncer le visage d'un Mexicain à coups de santiags. Mais c'était ça aussi, la magie des années 1990.

#69
Les bougies **D'ANNIVERSAIRE** qui ne s'éteignent pas

Elles n'avaient qu'un job : s'éteindre pour réaliser le vœu
du petit Titouan qui souffle les bougies.
Mais à cause d'elles, ce vœu ne se réalisera pas.
Et c'est dramatique car ce vœu c'était de changer le prénom
horrible que ses parents lui ont donné.

Maintenant, il est obligé de vivre toute sa vie avec ce prénom,
il portera des Stan Smith, fera ses courses à Biocoop,
et trouvera un boulot dans le marketing digital,
parce que c'est la seule vie que ce terrible prénom lui offrira.

Enfin, je pose la question :

QUI A ENVIE D'UNE FLAMME QUI NE S'ÉTEINT JAMAIS ?

Personne. À part bien sûr un chanteur de zouk love
pour écrire 90 % de sa discographie.

#70

Les gens qui considèrent Françoise Dolto comme une grande pédopsychiatre alors que son fils c'était

CARLOS

Dans quel monde vivent les gens qui lui accordent du crédit ? N'avaient-ils pas TF1 quand ils étaient petits ? Ça fait 40 ans que les psychologues se questionnent sur le bien-fondé de sa méthode, alors

QUE 5 MINUTES DE *PAPAYOU* ET ON DEVINE DÉJÀ DES CARENCES ÉDUCATIVES.

Et puis, si ce que vous voulez c'est avoir un enfant comme Carlos, pas besoin de vous fader des bouquins de 300 pages et des thérapies. Il suffit de laisser son éducation à un couple de sangliers dans la forêt et d'acheter des chemisettes.

Après, il y a une autre possibilité, c'est que Françoise Dolto n'y est pour rien, et que

c'est le prénom « Carlos » qui est maudit.

Il y a « Carlos » Ilitch, un terroriste de renom ; « Carlos » Dolto, un obèse qui chantait au *club Dorothée* ; sans oublier Carlos Gohn, le PDG de Renault qui a terminé en colis Chronopost. Alors un conseil, si vous ne voulez pas que votre enfant finisse mal, ne l'appelez pas Carlos.

(Ni « Ludo », si vous ne voulez pas qu'ils finissent mono de ski à l'Alpe d'Hu.)

#71 Le deuxième PRÉNOM

Souvent c'est le prénom d'un grand-parent, une sorte d'hommage, un moyen de ne pas oublier que nos ancêtres ont souffert : « Estime-toi heureux Romain, tu es peut-être handicapé, mais ton grand-père, lui, s'appelait Rodolphe. »

ATTENTION, JE N'AI RIEN CONTRE LES RODOLPHE, C'EST UN SUPER PRÉNOM POUR UN BERGER ALLEMAND.

Mais le pire avec ce deuxième prénom, c'est lors de votre mariage, au moment de la fameuse lecture :
« Monsieur Benjamin, Roger, Gontran, etc. ».
C'est censé être le plus beau moment d'une vie mais les maires détruisent cet instant magique ; et ça ce n'est pas leur rôle, c'est celui du DJ qui décide de passer *Soirée disco* de Boris pendant la soirée.

#72

Les gens qui mettent
DES PULLS
à leur chien

En fait, les chiens ont déjà un pull intégré ça s'appelle des poils. Donc pas besoin de les habiller. D'ailleurs, ayant moi-même la pilosité d'un golden retriever, je me suis souvent demandé si je devais porter des habits. Eh bien, d'après la juge d'instruction du parquet de Paris, la réponse est oui. Chacun ses opinions.

VOUS IMAGINEZ LE DÉSARROI DE CE CHIEN FORCÉ DE METTRE UN PULL ?

Il y a 100 000 ans, ses ancêtres étaient des loups féroces ; et quelques générations plus tard, il se retrouve avec un col roulé en cachemire et un bonnet de Noël dans un bêtisier de Direct Star présenté par Matthieu Delormeau.

En fait, ça porte un nom ce comportement : **l'anthropomorphisme**. C'est-à-dire prêter des traits humains à quelque chose qui ne l'est pas. C'est ce qui arrive quand on croit apercevoir un visage sur une prise électrique, ou quand on croit apercevoir un visage sur le visage de Madonna.

Donc cessez de projeter vos désirs sur les chiens, qui ne désirent qu'une chose :

sentir l'anus des inconnus.

Et apparemment, ça aussi c'est interdit aux humains, toujours d'après la juge d'instruction du parquet de Paris, qui ne connaît rien aux bonnes choses de la vie.

#73

LA POLICE MONTÉE

qui n'a plus d'utilité
depuis l'invention
du moteur à explosion

Si les chevaux pouvaient concurrencer des voitures, on en aurait vu dans le dernier *Fast and Furious*. En même temps, aucun cheval ne pouvait être sur le tournage, étant donné que Dwayne Johnson prenait déjà toute la place dans le box.

UNE VOITURE SERA TOUJOURS PLUS RAPIDE QU'UN CHEVAL. EXCEPTÉ POUR LA BX.

(Là, même un poney malade est capable
de la doubler sans être essoufflé.)

De plus, comment voulez-vous que les policiers fassent bien leur travail en ayant les rênes d'un cheval dans la main droite, une matraque dans la main gauche et des préjugés racistes sur le bout de la langue ?

C'est pour toutes ces raisons qu'un policier en legging et bottes de cuir n'aura jamais sa place dans les forces de l'ordre mais plutôt entre un indien et un chef de chantier dans le clip de YMCA.

#74
LES GENS QUI DISENT
« Moi, personnellement »

On a visiblement affaire à des monstres d'égo qui veulent que tout tourne autour d'eux. Le genre à vouloir que leur visage et leur nom apparaissent en gros sur la couverture du livre qu'ils ont écrit, ou plutôt qu'ils ont fait écrire par un jeune stagiaire sous-payé. Un livre dont ils revendiquent la paternité mais qu'ils n'ont même pas pris le temps de relire. Car si cette personne l'avait relu, elle aurait réalisé que son esclave des temps modernes y raconte à quel point ce « plasticien des mots » est une mauvaise personne...

Car oui,

PABLO MIRA EST UNE MAUVAISE PERSONNE.

Égoïste, narcissique, et en plus à l'hygiène catastrophique. Pour vous dire, c'est la première fois que je vais travailler dans la maison d'une « star du PAF » comme il aime s'appeler lui-même, et que je découvre des W.-C. encore plus sales que ceux d'un teknival.

MOI, PERSONNELLEMENT, JE TROUVE ÇA SCANDALEUX.

#75

Les pornos japonais **QUI FLOUTENT** les parties génitales

Qui peut m'expliquer le concept ? 90 % de l'intérêt du porno c'est quand même de voir des parties génitales.

Parce que si l'idée c'est juste de voir des seins nus et des gens qui font l'amour en jouant mal, dans ce cas-là j'ai juste à regarder n'importe quel film français.

Je trouve ça fou de proposer un produit mais d'en retirer l'élément principal.

JE VEUX DIRE, QUI AURAIT ENVIE D'ACHETER UN SPECTACLE DE BIGARD DÉNUÉ DE BLAGUES SUR UN GORILLE QUI SODOMISE UN PINGOUIN ?

Non vraiment, la pornographie du Soleil-Levant est plus que décevante. Franchement, je ne vois pas comment gâcher du porno plus que ça. Peut-être en y mettant des vêtements, ou pire, des sentiments.

#76

Le pilote d'avion **QUI T'ANNONCE** où va ton vol

Est-ce que cette annonce est utile ?

Est-ce que quelqu'un s'est déjà retrouvé dans un vol pour les Bahamas au lieu de celui pour rentrer chez lui à Toulouse ?

Je préférerais qu'il m'annonce quelque chose que je ne sais pas déjà. Comme par exemple où se trouve le klytorice, ou comment s'écrit le mot « klytorice ».
Mais non, ce commandant de bord préfère balancer des discours creux remplis de banalités.
Est-il pilote de ligne ou professeur de yoga ?
Le pire c'est qu'on est obligé d'écouter cette annonce et à chaque fois c'est pareil : je suis confortablement installé sous mon plaid, je viens de lancer *Batman Begins*...
Et le commandant interrompt mon bien-être pour m'annoncer des informations qui ne m'intéressent pas.
Pour qui se prend-t-il ? Je n'ai pas besoin de prendre un avion pour ça, j'ai juste besoin de demander à ma compagne « Alors, comment s'est passée ta journée ? »

C'est fou ce personnel de bord qui prend la parole pour ne rien dire. Pour l'anecdote, lors de mon dernier Paris-Chicago, le commandant de bord m'a réveillé pour une simple « aile qui est en feu ». Je vous le dis, c'est la dernière fois que je prends Air France. Au moins sur Ryanair, ils ne s'alarment que si l'avion est coupé en deux.

#77

Les gens qui vont chez le coiffeur et demandent **UNE BOULE À ZÉRO**

Alors, je ne sais pas si ces gens sont au courant, mais on a inventé un truc qui s'appelle la tondeuse. Je parle de la tondeuse à cheveux bien sûr. N'utilisez pas une tondeuse à gazon sur vos cheveux ! Sauf bien sûr si vous êtes Olivier Delacroix. Dans ce cas, faites d'abord appel à des professionnels pour déloger les chevreuils qui ont élu domicile dans votre cuir chevelu.

Plus sérieusement,

vous croyez que c'est valorisant pour un coiffeur de raser un crâne à blanc ?

C'est le niveau zéro de la coiffure. Ce serait comme rencontrer Céline Dion et lui demander de chanter *Baby Shark*. N'importe qui est capable de réaliser une boule à zéro, sauf Charlotte Gainsbourg qui n'a pas assez de muscles pour soulever la tondeuse jusqu'à sa tête.

Alors, ne jetez plus votre argent par les fenêtres : mettez un sabot à la longueur voulue, et hop, passez la tondeuse sur vos cheveux. Ensuite, vous faites comme tout le monde : vous appelez votre mère pour le contour des oreilles et de la nuque, et puis vous pleurez et mettez un bonnet durant les deux prochains mois.

#78

Le « grec » qui est une spécialité **TURQUE**

Le kebab c'est une spécialité turque inventée en Allemagne, alors arrêtons d'appeler ça un « grec ». D'ailleurs, arrêtons d'appeler ça de la nourriture. Ce n'est pas parce qu'il y a marqué *Aux délices d'Ankara* sur la devanture que c'est un établissement de qualité. Vous voyez bien que

le rouleau de viande transpire plus que moi devant une relance de mon banquier.

Et puis d'habitude, un établissement avec des néons qui clignotent et des barres verticales, ce n'est pas un restaurant, c'est un strip club. Et le seul aliment qu'on y attrape c'est un champignon.

Sans compter que vu le contexte économique, si on devait appeler un sandwich « un grec », il serait bien moins riche. Il serait composé d'une tomate sans pain et demanderait les autres ingrédients au *Léon de Bruxelles* en face.

Malheureusement, les kebabs ne sont pas un cas isolé. Les restaurants sont l'antre de la supercherie et j'aimerais profiter de ce livre pour dénoncer d'autres injustices gastronomiques :

- Les kebabs ne sont pas un plat grec mais allemand.

- Les hamburgers ne sont pas un plat américain mais allemand.

- Les tripes à la mode de Caen ne sont pas un plat, tout court.

#79
LES ANTIVOLS sur les CD de PATRICK FIORI

EST-CE QUE J'AI **VRAIMENT** BESOIN DE M'EXPLIQUER ?

#80

Le Prince charmant
DE CENDRILLON
qui n'est pas foutu
de se souvenir
du visage
de son crush

Non, parce qu'à aucun moment on ne le voit avec une canne blanche et un chien d'aveugle, ce fameux prince charmant. Donc, normalement il a une bonne vue et les capacités cérébrales pour reconnaître une personne, surtout s'il a eu un coup de foudre.

Moi, je me rappelle parfaitement de mon premier amour : elle était belle, asiatique et s'appelait Nintendo 64. C'est la seule que j'ai touchée jusqu'à mes 22 ans.

Mais pour revenir à « Môssieur » Charmant, celui-ci veut vérifier la taille des pinceaux de chaque citoyen du royaume pour retrouver sa dulcinée. On ne serait pas tombé sur une tête couronnée un peu fétichiste qui ferait partie de l'Amicale des Mordus de Panards dont Georges Tron est le trésorier et Quentin Tarantino le secrétaire général ?

APRÈS, J'AI RIEN CONTRE LES FÉTICHISTES OU CONTRE LES PIEDS.

Moi-même j'ai des pieds. Deux, dont un en aluminium. C'est une prothèse qu'on m'a posée quand on m'a sorti des décombres du World Trade Center. Oui j'y étais. 71e étage. Et je suis sorti de là avec un pied en moins et une petite toux. Merci maman de m'avoir donné un corps robuste en m'allaitant jusqu'à mes 17 ans.

#81

LES ESQUIMAUX

qui vivent depuis
10 000 ans à un
endroit où il fait

-20 °C

Ils ont dû arriver l'été, il faisait 10 °C, il y avait 20 heures de soleil par jour, et ils se sont dit : « C'est cool ici, y a d'la neige et il fait bon. »

Mais après le premier hiver passé, ils auraient dû partir tout de suite.

Quand tu vas dans un magasin Picard, tu ne restes pas des plombes. Tu vois bien que c'est un environnement hostile. Du coup, une fois que tu as choisi le plat pour la Saint-Valentin que tu prétendras avoir fait toi-même : tu te barres.

On a l'impression que les Esquimaux, eux, se disent depuis 10 000 ans : « On a froid, mais quand il y aura le réchauffement climatique, on sera les mieux placés. » Sauf que Messieurs, vous avez encore du temps avant de pouvoir uriner dehors sans risquer de perdre l'usage de votre pipou.

Je pense qu'en fait

les esquimaux sont les plus grands procrastinateurs du monde

et qu'aucun d'entre eux n'a jamais eu la volonté de bouger. C'est un projet qu'ils remettent à demain depuis 10 000 ans, un peu comme ce tas d'habits à donner que vous laissez dans un sac devant l'entrée.

#82

LES INTERRUPTEURS

du salon qui n'allument rien

Que veulent-ils ces interrupteurs qui n'allument rien ?
Je veux le savoir. En attendant que Bernard de La Villardière diffuse son enquête de fond « *Drogues, prostitution, mozzarella, et interrupteurs qui ne s'allument pas* », laissez-moi formuler quelques hypothèses à leur sujet :

1re hypothèse : c'est un complot des électriciens pour se venger d'avoir été obligé de faire une 3e techno.
Ils marchent très bien, c'est seulement que je perds peu à peu la vue depuis que j'ai regardé trop longtemps les dents de Jean-Marc Morandini sans lunettes de protection.

2e hippocampe : Ils allument des choses que vous ne voyez pas, comme l'humour de Kev Adams. Ce qui explique qu'en 2013, lorsque vous cherchiez à allumer la lumière du couloir, il a été extrêmement drôle pendant 8 secondes à un dîner entre amis, avant que vous ne rappuiez sur le bouton et qu'il écrive un spectacle avec Gad.

3e hypophyse (c'est comme ça qu'on dit, c'est une règle de français) **:**
Ils sont reliés à des respirateurs artificiels dans un EHPAD à 100 km d'ici, ce qui vous rend responsables de plus de décès de personnes âgées que la covid 19.

4e hippopotamus (renseignez-vous un peu sur la langue de Molière) **:**
L'interrupteur est cassé.

#83

Les gens qui font **DE LA MARCHE RAPIDE** alors qu'ils peuvent courir

Ce sport mérite la médaille olympique du non-sens.

Pourquoi inventer un sport dont le but est d'aller vite, tout en se retenant d'aller vite ?

C'est comme tenter d'avancer avec un boulet accroché au pied, ou ce que mon ex appelle « sortir avec moi ».

Il faut faire les choses à fond dans la vie, car c'est ce genre de compromis absurde qui a conduit, dans les années 1940, aux heures les plus sombres de notre histoire : **l'invention du pantacourt, en 1948.**

Et puis pourquoi regarder de la marche rapide quand on peut juste regarder Christophe Lemaitre ? Sans parler du fait que les courses de marche rapide durent des plombes ! Ce n'est pas ça le sport qu'on aime. Ce qu'on veut, c'est un sprint de 9,58 secondes avec des participants à l'allure arrogante – ou ce que mon ex appelle « faire l'amour avec moi ».

#84
LES PARENTS
qui s'obstinent à donner l'âge de leur enfant en mois

Si cette folie continue, on risque d'entendre un jour :

« Le petit Léopold a maintenant 216 mois, il vient d'avoir son bac ».

Vous voyez où ça nous mène ?

Ma théorie, c'est que ces parents cherchent juste à glorifier un truc fripé dont le seul mérite est de ne pas être mort au bout de 32 mois. Et à ce jeu, ce sont mes testicules les grands gagnants. Des mois, ils en ont 430 et ils ont accompli bien plus de choses que cet enfant.

Et puis, **on n'a pas besoin d'autant de précision dans la vie**. Si un plombier vous disait : « Faut changer la canalisation 2 864, c'est du 28 mm, donc je resserre à 24 cm^3 par minute avec une clé de 16 », ça vous ennuierait, non ? Alors on va à l'essentiel : il vous présente une facture dix fois trop chère, vous cassez votre PEL, et la vie reprend son cours.

#85
LA QUESTION

« Voulez-vous prendre pour époux.se ? »

Ce couple vient de dépenser 50 000 euros dans un mariage, il a contracté 3 crédits Cofidis, la fille a 20 kilos d'étoffe sur elle...

Vous pensez qu'ils sont là pour quoi ?

Il faudrait poser cette question bien avant : au moment où les mariés reçoivent le devis du traiteur. Enfin, pour ça, il faudrait être assez fou pour affronter le puissant lobby des traiteurs, dirigé par Pierre Martinet, le traiteur intraitable.

Donc non seulement

cette question arrive trop tard,

mais elle met aussi trop de pression. Se marier, rester fidèle, et tout ça pour la vie entière ? On ne peut pas savoir de quoi l'avenir sera fait. À mon avis, on devrait poser une question plus moderne et plus réaliste, du genre : « *Voulez-vous prendre pour époux Cédric* et promettez-vous de l'aimer et le chérir jusqu'à ce que sa secrétaire qui a 10 ans de moins que vous, vous sépare ?* »

** Prénom pris au hasard.*

#86
LES ALGÉRIENS
qui sortent leur
drapeau dans
un match de foot
DANEMARK-CROATIE

S'il y a des Algériens parmi mes lecteurs, il est temps de m'expliquer pourquoi vous brandissez votre étendard dans chaque rassemblement de plus de 12 personnes.

C'EST AUSSI ABSURDE QUE DE VOTER BAYROU DANS UN SECOND TOUR QUI OPPOSE MACRON À LE PEN.

Bon, c'est un mauvais exemple puisque c'est absurde de voter Bayrou, même dans un second tour qui oppose Bayrou à Bayrou.

C'est fou, il y a des drapeaux algériens partout. Les drapeaux algériens sont tellement omniprésents que si vous regardez attentivement l'étoile rouge qui est sur le drapeau algérien, dedans, vous pouvez apercevoir un supporter algérien qui brandit un drapeau de l'Algérie.

Après, les Algériens ne sont pas les seuls à faire ça : les Bretons plantent leur drapeau dans tous les festivals, les Irlandais dans tous les bars qui sentent la bière, et les États-Unis dans tous les lieux où il y a du pétrole.

Bon, en même temps, il faut dire que

l'Algérie n'en est pas à un non-sens près.

Pour rappel sa devise est encore aujourd'hui : « *One, two, three, viva* l'Algérie ». Une devise qui comprend trois langues, dont aucune n'est l'arabe, la langue officielle du pays.

#87

Les policiers **QUI JOUENT DANS DES FANFARES** et les pompiers qui font des **SPECTACLES DE GYM**

Il est grand temps de recadrer ces touche-à-tout. Tout ce que je désire, c'est qu'ils fassent leur boulot : qu'un pompier éteigne un feu, qu'un postier livre mon courrier et que les flics commettent des violences policières.

Est-ce que, moi, à la sortie de mes spectacles je propose au public d'acheter des fougasses que j'aurais faites ?

Non. Pourquoi ? Parce que je respecte les maîtres-fougassiers et que mon métier c'est de faire rire les gens.

Après il se trouve que mes fougasses sont vraiment bonnes. Surtout les lardons-chorizo. Je tiens la recette de ma tante, Valkyria. Son petit secret c'était de verser des larmes dans sa pâte.
Chance, c'était une femme très triste dans sa vie sentimentale, et donc, elle nous régalait de fougasses aux larmes. Elle les appelait ses « dulce de lagrimas ».

#88
LES FERRARI
qui peuvent rouler
à 300 km/h alors que
**c'est limité à 50 km/h
en agglomération**

Vous imaginez, il y a un mec qui a dépensé 200 000 euros, et qui se retrouve obligé de rouler aussi lentement qu'une R5 de 1987 échangée contre un pack de bières sur leboncoin. La frustration que ça doit être... au moins aussi forte que celle de Patrick Bruel lorsqu'il s'est retrouvé, en 2012, sans moyen de paiement à l'entrée d'un salon de massage asiatique.

Bien sûr, pour ces gens, c'est aussi l'élégance du véhicule qui est important. Mais

qui peut encore trouver ce genre de voitures élégantes après avoir vu Mathieu Valbuena grimper dans sa Lamborghini

avec la coupe d'Angel dans *Buffy contre les vampires* et un jogging à pression Sergio Tacchini ?

Donc arrêtez de gaspiller votre argent dans des futilités pareilles, et faites plutôt un don* à une association comme par exemple **Un lingot pour Pablo** qui vient en aide aux Pablo vivant avec moins de 300 000 euros par mois.

** non déductible des impôts.*

#89
LES RÊVES

Le royaume du non-sens par excellence !
Vous ne me croyez pas ?

La nuit dernière j'ai rêvé que je faisais un 100 m contre un homme-tapir qui s'appelait Jean-Corinne

mais que mes jambes étaient remplacées par un fusil d'assaut (la gauche) et un sac rempli de bulles (la droite).
À la fin de la course, j'ai franchi la ligne et je me suis retrouvé dans le visage d'Éric Zommour où je faisais du trampoline dans les pores de sa peau gorgée de Capri-Sun.

ALORS ?

#90
Le visage de **MICKEY ROURKE**

C'est triste, mais ce visage a été encore moins bien découpé que l'Afrique par les puissances coloniales.

Comment on a pu passer d'un des visages les plus charmants d'Hollywood à ça. Vous imaginez, c'est comme si vous alliez chez le garagiste pour réparer votre Maserati et que vous ressortiez avec une Ford Escort.

Après je suis dur, c'est vrai... Cette opération, c'est quand même une véritable prouesse scientifique.

Avant ça, on n'avait jamais vu une bavette d'aloyau capable de s'exprimer.

Mais franchement, Mickey Rourke avait-il besoin d'aller voir un chirurgien esthétique, alors qu'un charcutier de Leclerc l'aurait fait pour 20 euros ?

#91
LE CORDON BLEU,
qui n'est ni un cordon ni bleu

Mais qu'est-ce qu'un cordon bleu ? Pas un cordon, c'est certain en tout cas, et il n'est pas bleu

– sauf si vous l'achetez chez l'épicier du coin, là il peut même être phosphorescent selon son taux de radioactivité.

Pour le reste de la recette, mon cancérologue m'a promis qu'il me la révélerait dans quelques années.

Alors, je veux bien qu'on donne des noms qui n'ont rien avoir avec le produit en question – le restaurant japonais à côté de chez moi s'appelle bien *Aux délices de Tokyo*

alors qu'il devrait s'appeler « À la gastro de Montreuil » –

mais pour le cordon bleu, le mensonge est trop gros. Donc je ne sais pas quel nom nous pourrions donner au cordon bleu, vu que j'en ignore la composition mais une chose est sûre : c'est pour l'instant

LE SEUL ALIMENT CAPABLE DE DONNER DU DIABÈTE AU CHOLESTÉROL.

#92
LES LIVRES DE SURVIE
qui expliquent comment maîtriser un requin blanc alors que tu habites à Melun

Cette phrase met en lumière deux absurdités. La première, c'est d'habiter à Melun. La seconde, c'est de penser que vous allez croiser un requin blanc entre la Fnac et le Bricorama.

Mais admettons, et imaginons que vous tombiez sur cette machine de mort aquatique.

Il y a peu de chance que ça se déroule comme ça :

1re étape : Vous voyez le requin blanc.

2e étape : Le requin vous alpague dans la rue, vous demande une clope puis vous menace et vous ordonne de donner votre CB.

3e étape : Vous le neutralisez avec un coup de tranchant dans les branchies.

4e étape : La justice le condamne à de la prison ferme.

5e étape : Le maire vous félicite et vous offre les clés de la ville.

Voici à quoi ressemble une vraie interaction avec un requin blanc :

1re étape : Vous voyez le requin blanc.

2e étape : **VOUS DÉCÉDEZ.**

Comme quoi, ce livre sur les non-sens vous apprend aussi à faire des économies sur les livres de survie.

#93

LES GENS QUI POSENT LA QUESTION

« Je peux te poser une question ? »

Déjà ils viennent de le faire.

Et puis s'ils ont à ce point besoin d'approbation, pourquoi ils n'ont pas demandé s'ils pouvaient demander de poser une question ? Et avant ça, de demander s'ils peuvent poser une question, sur le fait de poser une question, concernant la question du projet de poser une question ?

C'EST CHIANT, N'EST-CE PAS ?

Oui, mais toujours moins que les gens qui posent cette question.

Souvent, les gens utilisent cette formule parce qu'ils ont derrière une question embarrassante à poser.
Moi, c'est toujours la même question, du coup je n'attends même plus, je réponds directement :
« Non, je ne suis pas Ryan Gosling. Maintenant arrêtez de désirer ardemment ce sublime corps forgé par Héphaïstos. »

Et puis dans la vie, autant utiliser la méthode la plus directe : si on veut poser une question on pose une question, si on veut changer de boulot on change de boulot, si on veut perdre toute dignité on devient chroniqueur chez Cyril Hanouna.

#94
LE PAPE QUI PRÔNE LA SOBRIÉTÉ
avec une couronne de joyaux sur la tête

Bon en même temps, c'est l'Église catholique, on n'est pas à un non-sens près. Tous les textes saints du christianisme vantent une vie avant tout riche en spiritualité, mais le Vatican, lui, préfère la bonne vieille moulaga.

À mon avis,

les valeurs de sobriété et de dénuement de l'Église se sont perdues à peine 10 secondes après la mort du Christ,

quand on a réalisé qu'on pouvait faire payer 20 deniers l'entrée de son tombeau. (Chèques vacances acceptés.)

Oui, l'église a déjà beaucoup d'argent, c'est pour ça qu'à la quête, quand la corbeille passe, je ne jette pas un billet, mais un petit papier où est écrit : « Que votre conduite ne soit pas guidée par l'amour de l'argent, contentez-vous de ce que vous avez. » C'est un passage de la *Bible*, ou de *Moundir & les apprentis aventuriers*, je m'en rappelle plus.

#95
LES PARACHUTISTES
qui portent des casques

Déjà qu'à vélo, le port du casque me semble superflu –

selon mes calculs, le port du casque à vélo ne sert qu'à 24 % à me sauver la vie, et à 76 % à me faire une tête de bite

– alors en parachute, autant dire que le port du casque est aussi efficace que le port de claquettes-chaussettes durant un *date* Tinder.

Quitte à porter un truc inutile sur la tête, autant porter un truc vraiment inutile, comme un post Instagram de Kim Glow sur la pandémie de la covid 19, ou comme Kim Glow tout court.

Après, j'ai bien réfléchi et j'ai trouvé une manière efficace de se protéger lorsqu'on saute en parachute : c'est de ne pas sauter en parachute.

D'après mes recherches, les 3 meilleurs moyens de ne pas finir avec une hémorragie cérébrale sont :

1/ Ne pas sauter d'un avion à 4 000 mètres d'altitude ;

2/ Ne pas se battre contre un tigre du Bengale affamé ;

3/ Éviter de regarder une interview de JCVD.

#96

LES PROPRIÉTAIRES

de chats qui communiquent avec eux en miaulant

Ça ne sert pas à grand-chose de miauler car le langage non verbal du chat suffit amplement. S'il se frotte contre votre mollet c'est qu'il veut des caresses, s'il se met à griffer votre canapé, c'est qu'il souhaite vous détruire psychologiquement car c'est un chat et on sait tous que **les chats ne sont que des incarnations velues de Lucifer.**

Je ne serais d'ailleurs pas surpris de découvrir que les miaulements des chats émettent une fréquence qui ouvre un portail dimensionnel sur l'Enfer tous les 666 ans.

D'AILLEURS QU'EST-CE QU'UNE LITIÈRE SI CE N'EST UNE ANTICHAMBRE VERS LE ROYAUME DES TÉNÈBRES ?

C'est forcément l'œuvre du Malin, qu'on appelle aussi « Whiskas ».

Donc arrêtez de miauler. Un être humain qui imite un chat ça ne peut donner que quelque chose de ridicule.

Et si vous ne me croyez pas, on en reparle après avoir vu *Catwoman* avec Halle Berry.

#97

Les gens qui sont **MINISTRE DE LA CULTURE** pendant la pandémie

En vrai, c'est pas le boulot le plus fictif qui soit ?

« Y a pas besoin de culture », « non-essentiel » on a dit !
Les supermarchés ça passe, mais les saltimbanques qui jouent un Scapin transgenre dans les rues d'Avignon c'est non.

Plus sérieusement, **à quoi ressemble les journées d'une ministre de la Culture pendant une pandémie de covid 19 ?**
9 h : arrivée au ministère.
9 h 01 à 18 h 04 : pause déj.
18 h 05 : tweet pour dire qu'on soutient les artistes dans ce moment difficile.
18 h 06 : fin de journée.

Que Roselyne Bachelot soit inutile, ça ne me choque pas.
Ce que je lui reproche, c'est de ne même pas faire semblant de travailler.
C'est là qu'on voit que, contrairement aux autres ministres, elle n'a pas fait l'ENA.

#98

Les gens qui se font enterrer dans des cercueils à **15 000 EUROS**

Perso, le seul cercueil à 15 000 euros que j'ai vu, c'est le visage refait de Nicole Kidman.

Mais je sais que c'est une pratique commune chez les gens riches.

Sérieusement, à quoi ça sert de se soucier de quelque chose qui gît six pieds sous terre ? **Est-ce que vous pensez que Pablo Mira se soucie de sa dignité ?** Non. Il a trop d'égo. Et c'est pour ça qu'il parle de lui à la troisième personne.

Pour revenir à cette histoire de cercueil à 15 000 euros, les gens qui dépensent une telle somme ne pouvaient-ils pas donner leur corps à la science, comme toutes les personnes qui veulent faire une dernière bonne action ? Ou être incinéré, comme toutes les personnes qui veulent polluer une dernière fois ?

D'ailleurs, j'en profite pour stipuler ici mes volontés sur le sujet : si je meurs, je souhaite être incinéré, que mes cendres soient recueillies et jetées dans le visage d'un rasta blanc tout en criant

« TIENS, C'EST DE LA PART DE BABYLONE ! »

#99
LA JOURNÉE MONDIALE
de la serviette

Elle existe vraiment, vous savez. Chaque année elle a lieu le 25 mai, et chaque 25 mai, je demande à la femme qui partage ma vie de me menotter au radiateur, tout d'abord pour relancer notre vie sexuelle, et surtout car j'ai peur de commettre l'irréparable.

Une journée de la serviette ?
Quand je vois ça, je pose la question :

et si la 6e extinction de masse qui arrive était, au fond, une bonne chose ?

J'en avais déjà eu l'intuition avec le succès de Nabilla en 2013 mais maintenant j'en suis sûr : il est temps que l'espèce humaine se dirige vers le grand Oubli, où elle retrouvera le dodo et Allan Théo.

Bien sûr, il y a dans le monde des choses plus graves, comme le sida ou la gastronomie du Nord, mais ce n'est pas une raison. Est-ce que les serviettes sont menacées d'extinction ? Non ? Sont-elles une population discriminée ? Non plus.

Alors, bordel, qu'est-ce qui justifie l'instauration de cette journée mondiale ?

Et si seulement il n'y avait que cette journée... Car on vit dans un monde où il existe aussi une journée du Parler pirate, le 19 septembre, et celle des Ninjas, le 5 décembre.
Je n'en peux plus de ces journées mondiales, et je propose d'arrêter toute cette folie en créant **la journée mondiale sans journée mondiale.**

#100
Wejdene

C'est pas du harcèlement,

C'EST DE LA CONVICTION.

#101
Les personnes condamnées à **300 ANS DE PRISON**

Non mais en vrai, qui ça peut effrayer à part un bouddhiste qui croit à la réincarnation, ce genre de peine de prison ?

Et encore, si je suis réincarné en furet parce que j'ai insulté ma mère à l'âge de 11 ans, et que je me prends une peine de 300 ans, est-ce que la peine s'applique aux autres vies ?

Alors évidemment, ce genre de peines stupides est surtout décrété aux États-Unis et elles ne le sont que pour des crimes très graves, que ce soit un infanticide ou ne pas avoir de pick-up quand on s'appelle Chuck.

Une fois j'ai vu un documentaire où le criminel était condamné à 3 peines de prison à vie. Je répète :

3 PEINES DE PRISON À VIE !!!

Et ça évidemment personne n'en parle sur France Culture. Motus et bouche cousue sur les aberrations judiciaires, mais pour faire des rétrospectives Hannah Arendt sur le rôle des Oméga 3 dans le processus du pardon là y a du monde.

Enfin,

ce n'est pas la quantité qui compte, mais la qualité.

Qu'est-ce qui est le plus difficile à endurer selon vous : une peine de prison de 300 ans ou être enfermé 20 secondes dans un concert acoustique de Brigitte Fontaine ?

On est d'accord...

#102
LES SITES PORNO
-18

qui demandent si on a plus de 18 ans

Quel génie s'est dit que cette question serait un rempart infaillible contre les mineurs qui veulent accéder au site ?
Il y a deux questions auxquelles on répond toujours oui sur Internet : **« Avez-vous plus de 18 ans ? »** et **« Voulez-vous effacer l'historique ? ».**
Après évidemment, il faut réguler l'accès à la pornographie.

DANS SA VIE, UN ENFANT NE DOIT PAS ÊTRE EXPOSÉ TROP TÔT À DU PORNO. PAS AVANT 17 HEURES AU MOINS.

Mais faire du porno l'œuvre du démon est absurde. Les vidéos X possèdent aussi des vertus pédagogiques.
Par exemple, moi ça m'a appris de nouvelles positions.
Notamment la position fœtale quand j'ai découvert la taille des pénis des acteurs porno.

Donc arrêtons de dénigrer l'industrie du X.

Après tout, le porno c'est naturel. C'est la vie : un lit, une femme, treize hommes cagoulés...

Mais surtout arrêtons de vouloir contrôler la vie privée des gens.
De quoi se mêlent les gens qui me disent de regarder moins de porno ?
De quoi se mêle cette femme assise à côté de moi dans le métro ? Si elle veut que j'utilise des écouteurs, elle n'a qu'à m'en acheter.

#103
LES TOURISTES
qui recherchent
de l'authenticité
en sillonnant
Bali en 4x4

Évidemment, je n'ai rien contre Bali en tant que destination. Mon meilleur ami y a vécu 3 ans. Il a dû être rapatrié en urgence car sa tête avait été mise à prix par un chef de gang local (un macaque à longue queue qui portait une veste en cuir et qui faisait régner la terreur avec son couteau papillon).

Mais qui pense encore trouver de l'authenticité à Bali ?

AUTANT RECHERCHER UNE ÉTINCELLE D'INTELLIGENCE DANS L'ŒIL DE TIBO IN SHAPE.

Ça fait bien longtemps que le tourisme a tué toute forme d'authenticité aux quatre coins du monde.
À partir du moment où le « local » qui vous guide parle anglais, espagnol et grec ancien, qu'il a un TPE greffé à la place de la main gauche, et que le « temple » qu'il vous fait visiter est en fait le restaurant de l'hôtel où vous logez, c'est que l'authenticité que vous explorez ce n'est plus celle de Bali mais celle du capitalisme.

Le truc avec les touristes, c'est qu'ils aiment l'authenticité mais uniquement quand elle est compatible avec leur confort. Leur confort ET leurs valeurs. J'ai jamais entendu un globe-trotter vanter l'authenticité talibane…
Après c'est vrai que le Lonely Planet sur l'Afghanistan fait une demi-page…

#104

METTRE SA DENT SOUS L'OREILLER

en pensant qu'une souris voudra l'acheter

Quand, à 5 ans, j'ai mis l'une de mes dents de lait
en espérant que la souris passe,

ma mère avait juste remplacé la dent par un mégot de cigarette

et le matin elle m'avait lâché cette phrase : « Et tu crois que le sultan du Brunei il a fait fortune avec ses tites chicots ? ». Oui, ma mère c'est Arletty et elle a tendance à parler comme une effeuilleuse des années 1920.

En vrai, cette tradition est non seulement fantaisiste, mais en plus elle enseigne à nos enfants que pour gagner sa vie, il n'y a rien à faire, qu'il suffit juste d'attendre que la vie nous enlève des parties de notre corps qu'on échangera ensuite contre quelques pièces.

ET ÇA C'EST VRAIMENT UNE MENTALITÉ D'ISLAMO-GAUCHISTES.

Cette même mentalité qui se dit Charlie alors qu'en fait c'est juste de la bien-pensance politiquement correct relayée par les merdias. Non mais regardez *Hold-up* et vous comprendrez. Enfin, si vous en avez marre d'être un mouton et que vous vous décidez enfin à devenir un aigle.

Qui d'ailleurs n'a pas de dents de lait, ni de dents tout court.

#105
Les Blancs qui disent
« LES BLACKS »

Déjà, il faut arrêter de mettre des mots anglais partout.

LA VIE N'EST PAS UNE CHANSON DE K. MARO !

Je n'ai rien contre la chanson *Femme Like You*, mais s'il avait chanté *Femme Comme Toi* il aurait au moins respecté la langue française, à défaut de respecter la musique.

Et puis personne ne dit « Whites ». Dites juste « Les Noirs », vous verrez : rien de dramatique ne va se passer, et les personnes noires seront vachement moins gênées.

C'est important de nommer les choses simplement : un Noir un Noir, un Blanc un Blanc, et un Rouge un Allemand à Phuket.

Vous savez, ce n'est pas raciste de dire qu'une personne est noire. Ce qui est raciste, c'est de penser que parce qu'elle est noire, elle est fondamentalement comme ceci ou comme cela. C'est l'essentialisation d'une couleur de peau qui est raciste

– ça, ou n'importe quelle émission TV des années 1990.

#106

L'éducation nationale et ses profs de sport **AU PHYSIQUE DE PIERRE MÉNÈS**

Alors attention, **je n'ai rien contre Pierre Ménès. Ses analyses sont de très grande qualité et son sexisme bien plus encore,** mais je n'aimerais pas l'avoir comme prof de sport. Je me dirais : « Il m'enseigne quelque chose qu'il ne maîtrise pas. Pourquoi ne m'enseigne-t-il pas le diabète ? »

Le problème c'est que des profs de sport qui n'ont aucune condition physique il y en a énormément.
Moi, j'en ai eu un en classe de 3e. Monsieur Perrier.
Quand on faisait une séance de 100 m haies, son seul effort physique c'était de placer les haies sur la piste d'athlétisme et la seule fois où je l'ai vu courir c'était après le marchand de glaces qui passait devant l'école.

Mais je me pose une question qui peut paraître naïve : est-ce que les profs de sport ont déjà été sportifs une fois dans leur vie ? Savent-ils d'ailleurs comment s'écrit le mot « sport » ?

LEUR CORPS EST-IL CAPABLE DE PRODUIRE DE LA SUEUR, D'AILLEURS ?

Beaucoup trop de questions soulevées par ce non-sens.
J'ai l'impression d'avoir ouvert une boîte de Pandore, une boîte sur laquelle tous les profs de sport s'assiéraient bien sûr, pour nous regarder faire du sport.

#107

LES MOUCHOIRS

en tissu

Alors, au risque de paraître disruptif :

la morve, c'est sale en fait.

Bien sûr j'ai conscience qu'il s'agit toujours d'une part de soi-même, une part visqueuse et répugnante (presque autant que mes penchants pour les musiques du monde) et qu'il est donc parfois difficile de s'en séparer.
Mais il faut couper le cordon avec votre morve.

Cessez de la conserver dans un linceul de poche que vous ne lavez qu'une fois par an et dans lequel se sont développées des formes de vie inédites sur Terre. **Cessez d'utiliser ce tissu alors qu'à chaque fois que vous l'ouvrez en deux il fait un bruit de carton.** La seule chose qui devrait explorer ce mouchoir, ce n'est pas votre nez, mais la sonde Curiosity pilotée par la NASA.

Vous savez, quand tout ça, toute l'épidémie de covid 19 sera derrière nous, on s'apercevra qu'en fait, le virus est né dans un mouchoir en tissu d'un citoyen de Wuhan.
Quand je pense qu'on aurait pu éviter ce désastre planétaire s'il avait fait comme tout le monde : se moucher dans un morceau de papier, regarder ces muqueuses entre fierté et dégoût et jeter le tout à la poubelle.

Certes, le mouchoir en tissu c'est plus écologique et zéro déchet, mais si on pousse le raisonnement on pourrait aussi avoir un mouchoir en tissu en guise de papier toilette.
Donc si vous voulez vivre comme au Moyen Âge, prenez une DeLorean et allez vivre en 1280, ou alors prenez la sortie Puy du Fou et allez vivre dans l'esprit de Philippe de Villiers.

#108

Les personnes qui ont mis 50 000 euros dans un camping-car **MAIS QUI VONT QUAND MÊME AU CAMPING**

Si on prend un camping-car, c'est justement pour pouvoir camper où l'on veut.

Quel intérêt de lâcher 50 000 euros pour aller dans un endroit avec des commodités qu'on a déjà, et des animations que vous retrouvez chaque jour à 19 heures en cliquant sur le bouton 8 de votre télécommande ?

Vous me direz : « Pour l'ambiance Pablo ! Pour l'ambiance ! ». Je vous répondrai que ce n'est pas vous qui le dites, mais moi, puisque je viens de l'écrire. Et puisque vous ne me le demandez pas vraiment, je ne vais pas vraiment y répondre.

Sérieusement, quelle ambiance mérite qu'on aille passer plusieurs semaines **dans cet endroit où chaque cabine de douche contient plus de bactéries qu'un sandwich merguez vendu à Porte de la Villette ?** Où les gens sont plus mal habillés qu'un commercial de chez Xerox ?

Je terminerai avec un rappel, il n'y a que deux raisons d'aller au camping de son plein gré en France : être fauché ou être un mauvais acteur et donc au casting de *Camping Paradis*.

#109
LE COCHON D'INDE,
qui n'est ni un cochon ni d'Inde

C'est le plus grand imposteur du règne animal, à égalité avec la mante religieuse qui est en réalité athée.

Pour rappel, le cochon d'Inde est un rongeur d'Amérique du Sud. Oui, sa vie est un tissu de mensonges, **c'est le Bernard Madoff des rongeurs.** Il dupe le monde entier et le soir, il se demande sans doute : « Est-ce que je mérite seulement de vivre ? »

Après, c'est pas si choquant que ça, quand on y réfléchit. **La Terre est déjà peuplée d'êtres de petite taille qui nous bernent : les enfants, les moustiques, Nicolas Sarkozy,** et moi, qui dis m'appeler Pablo Mira alors que mon vrai nom c'est Thierry Berthier.

Donc donnons au cochon d'Inde le nom qu'il mérite. C'est un rongeur d'Amérique du Sud, donc appelons-le « rongeur d'Amérique du Sud ». Quand les Belges ont fait pousser des choux à Bruxelles, on a appelé ça des « choux de Bruxelles », ou quand les Indiens ont cuisiné du poulet au curry, on a appelé ça du « c'est toi qui as le Spasfon ? »

Si vous découvrez une pomme de terre en Espagne, est-ce que vous allez appeler ça une papaye de Madagascar ? Non. Et si vous avez répondu oui, c'est que votre place est dans un bistrot parisien, à prétendre que vous ne buvez pas un café au lait mais un « latte macchiato ».

#110

LES CLIENTS DU McDO

qui prennent 3 burgers,
un maxi best-of,
24 nuggets,
mais qui commandent
un coca zéro

L'idée c'était de lui faire mal à ce corps, pas de le ménager.

Ça ne vous viendrait pas à l'idée de vous excuser après avoir mis une fessée lors d'une soirée sado-maso. Non, on la complète par une insulte autoritaire, tout comme on complète un déjeuner au McDo par 30 minutes d'aérophagie et de culpabilité.

Vous pensez sincèrement que le coca zéro est meilleur pour la santé que le coca normal ? On parle de la Coca Cola Company, la seule entreprise qui, selon moi, pourrait mettre au point de l'eau qui fait grossir.

LA SEULE CHOSE DE QUALITÉ CHEZ EUX, CE SONT LEURS LOBBYISTES.

#111

SUPERMAN

qui cache son identité
avec une simple
paire de lunettes

On est sur le pire travail de camouflage de l'Histoire (après le bouc de Manuel Valls qui était censé nous faire croire qu'il était devenu quelqu'un d'autre).
Penser qu'on ne vous reconnaîtra grâce à une simple paire de lunettes,

c'est aussi absurde que de vouloir dissimuler votre corps avec un post-it

(sauf pour Emily Ratajkowski qui appelle ça une « tenue de soirée »).

Mais bon... Peut-on en demander plus à un super-héros qui porte son slip par-dessus son collant moulant ?
Je ne sais pas ce qui est le plus absurde, qu'il fasse ça, ou que ça marche auprès des habitants de Metropolis.

Comment cette ville peut-elle fonctionner avec des citoyens aussi peu observateurs ?

Est-ce que quelqu'un y a déjà remporté une partie de « Qui-est-ce » ? Est-ce que tous les habitants de Metropolis portent des gourmettes pour s'identifier entre eux ? Est-ce qu'il faut une seconde carte d'identité pour les moments où l'on porte des lunettes ? Je me pose des questions.

En tout cas, une chose est sûre : si un jour je commets un crime et que je cherche un lieu où me cacher, j'irai à Metropolis après être passé chez Optic 2 000.

#112
LES MAGASINS OPTIC 2000
qui n'ont pas changé de nom depuis
L'AN 2000

Ils ont été créés en 1966, et apparemment les créateurs n'avaient pas une grande confiance dans leur longévité.

C'est pourtant pas compliqué, avec Optic 3 000 ils auraient eu encore un millénaire pour voir venir.

C'est la base : toujours voir plus large, comme le répète souvent le gars qui vend des casques de scooter à Nicolas Bedos.

Après, c'est pas grave de se tromper sur un nom, mais il ne faut pas hésiter à faire peau neuve pour relancer une enseigne, comme Mokobé du 113, qui n'a pas hésité à enfiler une perruque pour refaire carrière sous le pseudonyme d'Aya Nakamura.

#113
LE PARIS-DAKAR
qui a lieu partout sauf à Paris et à Dakar

Ça ne choque aucun Américain moyen, qui, de toute façon, place Paris au niveau de Caracas ; mais pour les gens qui sont allés jusqu'au CM2, c'est insupportable.

J'imagine les pauvres Touaregs qui, chaque année, attendent désespérément de voir un occidental se crasher à 200 km/h, et qui doivent ravaler leur joie. Car oui, dans une course en ligne droite dans le sable,

il n'y a pas grand-chose à espérer en tant que spectateur, à part le vol plané d'un Belge à moto en sortie de dune.

Les organisateurs du Paris-Dakar me rappellent ce fameux oncle bourré à Noël. Quand on leur dit que l'édition 2021 se passe en Arabie Saoudite, et que ça n'a rien à voir avec le Sénégal ou la Mauritanie, leur seule réponse c'est : « Oh ça va, c'est du sable et des bronzés, c'est la même chose, vous allez pas nous faire chier ! Bon maintenant, fous-moi la paix, y a *Les Grandes Gueules* qui commencent ».

C'est fou, c'est comme si les 24 heures du Mans ne se déroulaient pas au Mans.

Bon en même temps, ce ne serait pas plus mal, car a-t-on vraiment envie de passer 24 heures au Mans ?

#114

Le gars qui a convenu que le mot **« MONSIEUR »** se prononcerait **« MEUSSIEU »**

Quelqu'un connaîtrait un moyen de remonter dans le temps, que je retourne en l'an 970 mettre un tacle à la gorge à ce fils de renard. Non mais où est la logique, sérieux ?

**Je répète :
OÙ EST LA LOGIQUE ?**

Le « on » qu'on prononce « eu ». Pardon, le « on » qu'eu proneuce « eu »... Et puis le « sieur » qu'il faut prononcer « ssieu ». Non mais le « r », s'il sert à rien, on le vire, bordel ! En France on a des traditions, **le seul endroit où on ne vire pas les choses inutiles, c'est le Sénat.**

On n'avait pas dit que l'écriture, ça devait faciliter la communication à la base ? Non parce que là, ce genre de non-respect des règles, ça dégoûte tout le monde. Ou alors

chacun peut fixer ses règles, et je décide que « Monsieur » se prononcera désormais « Fouzia ».

Ah vous saviez pas ? Vous auriez dû suivre les cours de français de la PSB, *Pablo School of Balekisme*.

#115

Les groupes de musique qui disent **« VOUS ÊTES LÀ PARIS ? »**

Bah oui connard, on est là.

On est devant toi, tu nous vois pas ?
Je veux dire si le gars c'était Ray Charles, je comprendrais.
Ou à la limite Keen'V qui se demande pourquoi
ses salles sont vides, alors que la réponse tient
en deux mots : « Keen » et « V ».

Mais non, il y a 30 000 personnes devant Monsieur No, prénom Bo, et il décide quand même de m'infliger cette question stupide. Déjà que je suis gentil de me rendre à son concert sachant que, vu ma taille, la seule chose que je vais voir, c'est l'étiquette d'un jean 501 pendant 1 heure 30.

#116

LE PETIT CHAPERON ROUGE

qui ne fait pas la différence entre un loup et une personne âgée

Enfant, nous avons tous été bercés par ce conte. Mais soyons sérieux, le Petit Chaperon Rouge est complètement con. Sérieusement, qui peut tomber dans un subterfuge aussi naze que celui du loup dans le chaperon rouge ? Qui, à part les gens qui répondent à des mails dont l'objet est **« Vous AvEz gagneR 5 millions de euRos » ?**

Quel type de personne âgée a-t-elle rencontré dans sa vie pour confondre une bête sauvage avec un senior ?

Même au fin fond des Pyrénées, personne ne possède la pilosité d'un loup. Sauf bien sûr mon cousin Miguelito. Dans la famille, on le surnomme Sonic car ses poils sont drus comme ceux d'un hérisson. Une fois, un chaton s'est empalé sur son mollet car il voulait juste lui faire un câlin.

C'est triste. D'ailleurs, je voulais lui payer une épilation intégrale, mais je suis totalement ruiné depuis que j'ai répondu à ce mail qui disait « Vous AvEz gagneR 5 millions de euRos ».

#117

LES PUNK À CHIENS  antisystème qui achètent leur bière dans un hypermarché capitaliste

Vous les avez déjà croisés devant votre Monoprix local, assis en tailleur tel un chaman Shipibo, au milieu de leurs canettes de bière, leurs chiens, et leurs collections de maladies du XIIIe siècle.

ILS FORMENT DE GRANDS AMAS DE DREADLOCKS.

Ils ont des dreadlocks, leurs copines ont des dreadlocks, leurs chiens ont des dreadlocks, leurs dreadlocks ont des dreadlocks.

Ils sont antisystème parce que
« Babylone c'est le diable », mais vous disent quand même :
« Vous z'auriez un peu d'argent ?
- Ah, vous parlez de cet attribut qui permet d'acheter dans une multinationale de la distribution des produits alimentaires fabriqués dans une usine de Stuttgart ? Bien sûr monsieur *"à chiens"*, voici 2 euros. »

Pour moi, faire la manche devant un supermarché quand on critique le système, c'est renier ses convictions. C'est comme si un médecin renonçait au serment d'Hippocrate, ou si Nicolas Sarkozy renonçait à passer sa vie dans les tribunaux.

IL FAUT AVOIR DE LA COHÉRENCE DANS LA VIE.

Il y a un endroit pour être mal habillé et avoir une voix énervante, et cet endroit c'est les clips de Vianney.

#118

Les gens qui font
118 NON-SENS
dans un livre de
101 NON-SENS

Alors oui, vous allez me dire : « Pablo, c'est peut-être, de tous les non-sens, le plus intolérable. Quand on critique l'absurde, on se doit d'être soi-même un parangon de cohérence. » Et moi je vous dirais qu'un homme ça a ses failles, qu'un homme ça peut parfois céder face à la pression d'un éditeur qui vous fait comprendre qu'il y a 224 pages à remplir et pas une de moins. Alors vous cédez à la facilité, vous cédez à l'appel du remplissage, le remplissage pour le remplissage. Alors vous remplissez un fichier word de mots qui n'ont aucun sens. Des mots comme « fromage » ou « concupiscent ». Et je peux vous dire que quand vous en êtes arrivé là, vous n'êtes pas fier. Parce que le Pablo qui se voyait écrivain, il est bien loin. Le Pablo qui rêvait de dire « tu » à Boris Vian ou David Diop, il n'existe plus.

Peut-être que le vrai Pablo c'est celui qui a abandonné son BTS Management des Unités Commerciales en cours d'année pour devenir humoriste. Ce Pablo, avec le recul, je me dis qu'il était ce qui se rapprochait le plus de ce que je suis vraiment. Un homme de chiffre d'affaires, un homme qui vit au rythme de la marge nette. Quand je pense au chef de rayon épanoui que j'aurais pu devenir, je me surprends à me demander la nuit entre deux insomnies : « Mais pourquoi as-tu voulu devenir artiste reconnu ? Pourquoi as-tu voulu apporter de la joie aux gens avec tes blagues alors que tu aurais largement pu le faire avec une machine à laver 200 tours minutes avec sèche-linge intégré ? » Petite précision toutefois : il n'y a aucun regret dans mes propos. Le regret ne fait pas partie de mon logiciel. C'est si facile de regretter. Ce serait si facile de se dire que je regrette d'avoir signé un contrat qui stipule clairement Article 5 alinéa 3 que le présent livre doit faire 224 pages et pas une de moins. Ce serait si facile de regretter mais Pablo Mira est un homme de parole. J'ai signé ce contrat et j'assume et même si la nuit je suis hanté par toutes ces pages que j'ai paraphées bien trop vite, j'irai au bout de mon engagement. Car je veux, sur mon lit de mort, lorsque mon dernier souffle quittera mon corps, pouvoir regarder mes enfants, mes petits-enfants dans les yeux et leur dire « Je suis allé au bout de ce livre. Car un livre, mes enfants, ce ne sont pas que des pages, que du papier qui s'enchaîne à perte de vue dans le creux d'une main rendue rugueuse par un travail agricole effectué à la sueur du front pour le bien de sa famille. Un livre c'est avant tout un dialogue, un dialogue avec soi, un dialogue avec l'Autre, un dialogue avec l'Univers, un dialogue avec les étoiles, un dialogue avec une poêle. Un livre, c'est la vie, la vie qu'on a eu, la vie qu'on a rêvée, celle qu'on a manqué. Un livre c'est une aventure, c'est un repli et un élan, l'animal. Les livres sont nos amis, vous savez ? Celui-ci sera-t-il le vôtre ? Qui peut le savoir ? Vous l'avez sans doute déjà revendu sur leboncoin ou redonné à votre cousine dont c'était l'anniversaire...

Je remercie Laura Gélie qui m'a donné l'idée de ne pas faire de section « Remerciements ».

Sur une idée originale de Benjamin Ifrah et Benjamin Veyres.

Photographies : © Constant Formé-Bècherat, pour la couverture
Conception graphique et mise en pages : Studio Either
Illustrations : © Shutterstock

ISBN : 978-2-412-06852-6
Dépôt légal : septembre 2021
Achevé d'imprimer en Espagne par Macrolibros en août 2021

Éditions First, un département d'Édi8
92, avenue de France
75013 Paris – France
Tél. : 01-44-16-09-00
Fax : 01-44-16-09-01
E-mail : firstinfo@efirst.com
Internet : www.editionsfirst.fr